文芸社セレクション

ふるさとは大連

追憶の半世紀

源　幸之助

MINAMOTO Konosuke

文芸社

ふるさとは大連

追憶の半世紀

目次

第一部　引揚から長崎まで

1. 引揚

灰色に覆われた曇り空の下、引揚船「昭優丸」は、凍った表面の氷を砕きながら静かに岸壁を離れだした。岸壁には先ほどまで乗船する日本人引揚者を厳しくチェック、監視していた十人ばかりのソ連兵が分厚いシューバーという防寒服を着込み、その肩から通称マンドリンと呼ばれる自動小銃を提げて動き出す引揚船を見上げていた。時折、寒風が頬をたたいていく、昭和二十二年一月二十七日午後の大連港の情景だ……。

船のデッキから市街地を眺めると、背後の転山、南山、緑山などの山々は、数日前から降り積もった雪に覆われ、折からの灰色の空に白く浮き上がって見えるものの、街並み全体が暗く陰気で今まで食うや食わずでヤット生き延びてきた暗い日々そのものの象徴のような風景であった。

生まれ育ってきた大連の街、幼い時や小学校、中学校とよく遊びまた学びもした思い出多い大連の街ではあったが、今はその感慨よりもこの一年半辛酸を舐めた苦しい思いが先に立ち、二度と訪れることもなかろう……と何の未練も湧かない感覚であった。

終戦直後の生活

引揚までの大連での家族の構成は敗戦直後の軍隊から抑留を逃れて命からがら帰ってきた力兄と、廃校となった新京の大学から難を避けつつ戻ってきた昭兄と、牡丹江のお寺に嫁いだ姉のスミエが暴徒から逃れながら生まれたばかりの民世を背負って大連に帰ってきており、私と合計五人が、義昌無線株式会社に復職した力兄の社宅で細々とくらしていたのであった。

当時大連では、前代未聞の日本の敗戦ということであり、身分が逆転した日本人の働く場所など全くなく、結局家具や衣類の売り食いで生計を立てるしか道はなかったのであるが、その売り食いも過去一年の間にほとんど売り尽くし、必要最小限の衣類と夜具を残すのみであった。

昭和二十二年の正月は食料を買う金にも不自由し、露天商の穀物屋から一番安い高粱や粟の籾殻で砂の混じったものを買い求め、それを鍋の底に入れ、水を満たして電熱器で沸かし、その中に塩を入れ、その汁をスープ代わりに啜っては布団にもぐり込む……というたまさに寝正月であった。

でも、終戦後しばらくは貯えもあって米の飯を食べていたのであるが、終戦後、奉天にいた父からの送金も途絶え、結局、力兄の給料と昭兄が日雇いで稼いでくる僅かばかりの賃金で五人の生計を賄っていたのである。従って経済状態も段々苦しくなり、米飯が高粱や粟飯となり、それもトウモロコシの粉を練って作った饅頭や草のふかしたものとなり、挙句の果てに家畜の飼料であるフスマや荷揚げをする時に岸壁にこぼれおちた高粱や粟の原穀を安い値段で買ってきて、それを電熱器で沸かし、その汁を啜っていたのである。幸い、力兄の会社が電気関係の会社だったので燃料の電気代だけはタダだったようだ。

今、思うと、あと半年引揚が遅れていたら、私達も多くの日本人がそうであったように餓死していたかもしれない。

集結

そんな折、一月中旬になって私達の居住区域が引揚の対象となったことが知らされた。当時大連では、引揚は居住区域ごとに順番が決められ、前年の昭和二十一年末頃から引揚が始まっていたようだ。

ところが、力兄が勤める会社は戦時中は軍需工場だったこともあり、進駐したソ連軍が真っ先に接収し管理しだしたため、兄はその技術者として残留させられることになった。そこで、一人残るのも心配だし又何かと大変だろう……と昭兄も一緒に残る決心をしたのであった。

結局、私と姉と民世の三人が引き揚げることとなり、早速引揚の準備にかかったのであった。

準備といっても、売り食いの果ての世帯だったので布団袋に布団を詰め、リュックに衣類を詰める程度のことで、手間のかかるほどのことでもなかったのである。また、持ち帰れる所持金が一人千円まででであったこともあり、私と姉と民世の三人分の金を兄達が工面してくれたのであった。

一月二十四日、いよいよ引揚のための集結が始まり、世話人の案内で私と姉とその背に背負われた民世の三人は残る二人の兄達に別れを告げて港に近い大広場小学校へ向かったのであった。

この時、私のリュックの中には、一年前に病に倒れた母の位牌と遺骨も収められていたのである。

大広場小学校では、近隣町ごとに編成され、班単位に講堂に収監され、そこに一泊したのであった。この時与えられた食事はパンと牛乳であったり、握り飯とタクワンだったり……と記憶しているがいずれにしても久しぶりに腹にたまる食事であった。

翌二十五日、一団はトラックで大連港へ移動した。いよいよか……と胸を躍らせたが、船の都合で埠頭桟橋の待合所で待つことになった。夜はコンクリートの床の上に布団袋から布団を取り出しての睡眠……外は零下二十度に近い気温であるが、中は大勢の人いきれで寒さも紛れたようだった。翌日も終日待ったが動きはなく、又々泊まり……結局二泊の埠頭滞在となった。

乗船

二十七日は朝から急に慌ただしく乗船準備に追われたのであった。外には何時接岸したのか七千トン級の貨物船「昭優丸」。船尾には日の丸を揚げて横付けされていた。

目の前に見る久しぶりの日本の船……。この船で故国日本へ戻れるのかと思うと七千トン級の船が如何にも大きく頼もしく思われたのであった。

乗船は編成順に一列に並んでの乗船であったが、タラップの手前で武装したソ連兵が身体検査や荷物の検査をして写真や書類があれば没収していた。私達はこのような情報をあらかじめ知っていたので、思い出多い写真も思い切って処分し、書類などは帰国後必要な最小限度のものしか持っていなかったので難なく乗船することができた。

船内は、船艙に木材で棚状の床が何段か設けられ、順次その中に詰め込まれたのであるが帰国を前にして誰も不満をもらす者はいなかったようである。居場所が決まり落ち着いたところでもう見納めとなるかもしれない大連の街に別れを告げようとデッキに上ったのであった。

船は徐々に速度を上げ、大連の南端転山とその麓にある寺児溝を望むだけとなった。此処にはかつて日本軍の施設があり、三年前私が陸軍幼年学校を受験した時、身体検査を受けた思い出があった。当時は十五歳だった少年達に褌を着用させての身体検査で、私も、後にも先にも褌を着用したのは、この時だけだった記憶が残っている。

そんな思い出に耽っているうちに遼東半島も遠くかすむようになってしまった。

寒くなったので船艙の席に戻る。船内で初めて出された食事は乾パン入りの雑炊であったが一緒に出された熱い味噌汁がとても旨く、これが故国の味か……と感激したことを覚えている。

トイレは上甲板に何カ所か仮設のトイレが設けられていたが、夜、そのトイレに立って席に戻ってみると、隣の人が越境して横たわり、座る場もない有様……仕方なく甲板に上り機関室上部の温もりのある鉄板に横たわって一夜を明かしたのであった。

さて、私にとって故国日本は赤ん坊の時、母に背負われて母の実家に帰ったことが一度あったらしいが、勿論赤ん坊のことで覚えがなく今度が初めてのようなものであった。当然船旅も初めてならば、船酔いがどんなものかも知らない。一日たつと波も次第に高くなり、船は前後左右に揺れたが、やがて大したこともなく静まり、船酔いの経験もないまま過ぎたようだった。

水　葬

二日目、船長から「船内で病死者が出たので水葬する」と、全員に知らされ甲板に上る。舷側には、七枚の板が置かれ、その上に毛布にくるまれた七人の遺体が横たえられていた。葬いの儀式がありそのあと汽笛を合図に七枚の板が一斉に持ち上げられ、それぞれの遺体は海中に没していったのである。私にとって初めて目にする葬いであり、ショックでもあった。ましてや遺族の心情はいかばかりであったろうか。このあと船は水葬した遺体を中心に汽笛を鳴らしながら海上を一周したように記憶している。

亡くなった人達は高齢者や病人だったようで祖国の船に乗り帰国の途についたという安堵感が張りつめた気分を和らげ、心安らかに成仏していったのだと思う。

佐世保入港と上陸

一月三十日早朝、船は佐世保港に入港した。デッキに上がってみると、船は港内のブイに繋がれていた。

周りを見回すと、真冬というのに山には緑いっぱいの木々がそよぎ、点在する農家らしき藁ぶき屋根や古めかしい日本建築の家並みも遠望され、海や山や街並みすべてが正に箱庭を見るようで思わず見とれてしまい、アア、これが祖国日本なのか……「国破れて山河あり」……と感慨したのであった。

三日前の出港時のあの禿山に積もった雪景色の寒々とした風景……そして冷たく凍った港を思い出し、残してきた二人の兄達に思いを馳せてしまった。船上では入国手続きや検疫などのこともあり、二日間船内に留められた。

翌々日の二月一日は朝から昭優丸に別れを告げ、木造の大きな団平船に乗りかえ、佐世保市の東側針尾島にある旧海兵団の兵舎へ移されたのであった。途中今では渦汐で有名な針尾の瀬戸を通ったのであるが、当時は観光意識など全くなくほとんどの者が無関心であった。

針尾島では下船したとたん、一列に並ばされ、頭からＤＤＴの散布という洗礼を受けたのであった。その後、木造二階建ての旧海兵団の兵舎が十棟ほどもあるその一部に収容されたのである。他の数棟には我々より先に帰国した集団がすでに入っていたようであった。

ここではしばらく休養したあと、汽車の切符の配布を受け順次近くの駅南風峰に向かうのであるが、そうした中で異様な情景に出会ったのであった。

リンチの件

それぞれの引揚者が帰郷の順番を待っている時、我々の横に上半身裸にされ、十字架のような大きな木材を背負わされ、両手を広げて縛られた男が数人の男達に引き摺られるようにして入ってきた。そして、我々大勢の前で引っ張ってきた男の一人が、

「この男は大連でソ連軍や中国軍あるいは中国人の手先となって、同胞である日本人を密告しては、甘い汁を吸ってきた奴で許すことができない人物だ」

と云う……。この男が引揚者の中に紛れ込んでいたところ、たまたま被害者の一人がこれを見つけ表面化したのであった。この後、この男は勿論大勢の人達の面前で鞭打ちの仕

置きを受け他の所へと引き回されたのであった。

民世の発病

今まで行動をともにしてきた我々の集団もそれぞれの郷里に向かう頃、何となく元気のない民世の様子に姉が気付いたのであった。すぐに収容所内の診療所に連れていくと診察した医師が、

「急性肺炎で危険な状態だ」

と云うのである。早速入院させられたが、当時の診療所は大した器具や設備もなく民世の病状は悪化するばかりで医師も匙を投げたようだった。民世はもう意識もなく小鼻を動かして苦しそうに息をつくだけだった。

三日目になって、もう医師には頼れない……と姉と二人で必死の思いで行動を開始した。姉は各棟を回っては引揚者の中に誰か肺炎の薬を持ったものがないか探しまわり、やっとトリアンとかいう薬を二錠二百円で分けてもらい早速それを飲ませたのであった。また、私は外に出て石を積んでかまどを作り、拾い集めた枯れ木を燃やし、携行してきた水筒二個で交互にお湯を沸かし、これを湯タンポ代わりに民世のベッドに入れて温めたのであった。

この作業を二昼夜ほど続けたであろうか……四十度あった民世の熱も次第に下がりだし

呼吸も徐々に楽になってきたのであった。こうして死の淵をさまよった民世も十日ほど入院の末、退院することができたのであるが、この時医師がひとこと、
「奇跡だ」
といった言葉が忘れられない。姉の母親としての一念が神に通じたのだろう。

伊敷寮へ――父との再会

集団から後れること半月余り、笑顔の戻った私達は一足先に奉天から引き揚げていた父の待つ鹿児島へ向かったのであった。

父は昭和二十一年九月奉天から胡蘆島を経て引き揚げて来ており、鹿児島市の郊外にある引揚者収容施設「伊敷寮」で私達を待っていたのである。父は当時、引揚港である舞鶴、博多、佐世保の各引揚援護局へ消息を知らせるはがきを出しており、私達もそれを見て父が鹿児島で待っていることを知ったのである。

朝の早い列車で南風崎駅から諫早まで行き、諫早から鳥栖、鳥栖から鹿児島と乗り継ぎ、鹿児島へ着いたのは夜の八時頃だったと思う。

初めての街で父がいる伊敷がどの方向なのか、また何を利用すればよいのか等何も分からず、何人かの人に尋ねてヤット駅前から路面電車に乗り、終点の伊敷で降り、寮を探しあて父と再会を果たしたのであった。

昔から早寝早起きの習慣だった父は、すでに毛布を被って寝ていたが、私達の声でとび起き、暫くは互いに声もなく薄暗い裸電球の下で見つめあうばかりであった。

九死に一生を得て初めて対面する初孫の民世……そして、父にはもう一つ初めて対面するものがあった。それはリュックから取り出した亡き母の位牌と遺骨であった。仏壇も何もない棚のひと隅に安置して父は初めての線香を手向けたのである。昭和二十二年二月十五日の夜のことであった。

２．伊敷寮

父が一足先に伊敷寮に引き揚げていたのには次のような理由があったのではないかと思う。

それは、父の故郷が奄美諸島の中の沖永良部島であり、そのうえ父は長男だったので、故郷に帰って祖先を祭りながら静かに余生を送りたかった……そこで最も近い場所として鹿児島を選んだのではなかろうか……と。

しかし当時は奄美諸島はまだ米国の占領地であり、そこに行くためには出国手続きをしなければならず、ヤット大連から帰国して入国手続きを済ませたばかりなのに、又々出国手続きをしなければならないこと…また、終戦直後の小さな島の将来性にも不安を感じたこと等から、父と話し合い内地に残ることになったのである。

伊敷寮は鹿児島市の北西部の外れにあり、旧日本陸軍の連隊があった所で、その古い兵舎を利用した施設であった。

広い練兵場の中に木造二階建ての兵舎が二棟と平屋建ての便所棟と使われてない炊事棟などがあり、兵舎棟のうち将校や下士官等幹部が使用していた部屋は区画されていたので、そのまま住居に使われていたが、内務班と呼ばれた広い兵士達の居室は当時は板壁でいくつかに区切られ、板張りの床の上にゴザや毛布を敷き一部屋に二～三世帯が雑居しながら使われていたのであった。しかし、炊事場もなければ煮炊きのために火を使う設備もなく、それぞれが雑居部屋の片隅に七輪を置き薪や炭等を使って食事を作っていたのであった。各部屋は暗い照明の上に焚く火で立ち込める煙がけむたく、衛生面や防火面でもひどい環境の中、同居者の起居寝食すべてが丸見えで、プライバシーもない生活が始まったのであった。

大連で集結以来、板張りやコンクリートの床の上で過ごし、一日も早く日本の畳の上で寛ぎたい…との願いも空しく厳しい現実に直面したのであった。

ところで、父は、どうして消息を知ったのか、一人でいる間も鹿児島県の北部、伊佐郡大口町に住む妹ノブ一家からは用具の援助を……また宮崎県佐土原町に住む末弟信夫の妻美枝さんからも布団等の支援を受けており、私も落ち着いてから父と一緒に二～三度訪れ、お世話になったのであった。

なお、父の末弟信夫叔父は昭和十九年八月一日南洋のテニアン島で太平洋戦争の犠牲となり手りゅう弾で自決玉砕したのであった。

倉野家との同居

私達の部屋に何時頃からかよく覚えていないが倉野家の家族が同居することになった。

この一家は、父と同年輩くらいの夫婦と息子一人娘三人の六人家族であった。親父さんは痩せた長身の人で何時も気難しい顔をしては妻子によく小言を云っていた。なんでも大連のヤマトホテルに勤めていたらしい。母親はこれまた痩せた人ではあったが、上品な感じの人で気難しいご主人によく仕えていたようだ。長男は私より五歳ほど年上で無口で温和しい人でほとんど口をきいたこともなく、何をしているのかも分からない人であり、長女は私より二〜三歳年上で美人であったがすでに金持ちらしい銀行員のハンサムな男と付き合っており、時々この雑居部屋にその男を連れて来ていた。末の娘はまだ中学生でこの春から近くの学校へ通学していたが、末っ子らしくよく甘えていたようだった。

さて、次女の節子嬢のことに触れてみよう……。

彼女は何となく見た顔だナ〜と思っていたが、何かの話から大連の日本橋小学校で私と同学年だったことが分かったのである。私は五年生の二学期に奉天の城京小学校から日本橋に転校してきたのであったが、この時、同学年は四つの組があり、一、二組が男子、三、四組が女子の組となっていて、私は一組の板根学級、彼女は四組の依田学級の生徒だったのだ。在学中は戦時下でもあり「男女席を同じくせず」の時代だったので、互いに口をきくこともなかったが、それが今こうして同じ部屋に同居しようとは……。

正しく「縁は異なもの」であり又「世間は狭い」ということを痛感したのであった。

余談であるが、平成十年六月五日京都市で開催された日本橋小学校の同窓会に出席したところ、彼女も出席し、実に五十一年ぶりに再会して伊敷の思い出を語り合ったのである。

肥え汲み

父はその頃、援護局か市からか、僅かばかり支給される金を貰っていたようだが、その外に現金収入はなく、従って毎月配給される米や煙草を辛抱しては蓄え、これを売って現金に換えていたようだ。そして、自分が毎日食べるものといえば、安いサツマイモかトウモロコシの粉で作った饅頭ばかりで副食の材料は練兵場の片隅を耕して野菜を作り自給自足していたのである。

幼い頃から片腕が不自由だった父が鍬をふるって畑を耕すことをだれが想像したであろう……。しかしこれは紛れもない事実であってサツマイモやカボチャを始めふだん草や冬瓜などは立派な出来栄えであった。しかしこの立派な成果の陰には大変な苦労があったのである。

それは定期的に施すこやし撒きであった。

或る日、

「幸、今日はこやし撒きをするから手伝え…」

と云うのである。サテサテ何をするのかと思っていると、二棟の兵舎棟の間に設けられている便所棟の汲み取り口から人糞を汲み上げ、桶に移しこれを担いで畑にもっていき撒くのである。

思いもよらなかった作業に最初は「イヤダ！」と拒否し続けたのであったが、今まで腕の不自由な父が一人でやってきたことをそうそう何時までも拒否するわけにもいかず、遂に手伝う決心をしたのであった。父はどこで調達していたのか一連の道具を準備していたのである。

兵舎の便所は長さ五十メートルほどもあろうか、細長くて五十ほどの大便所があり、その中から人が入ってないと思われる汲み取り口を選んで汲みあげるのである。臭さもさることながら、恥ずかしさが先に立ち、タオルで頬被りのように顔を隠しての作業であった。また、汲んだ人糞をこぼさないように細心の注意を払いつつ運ぶむつかしさ……。

この後も二、三回手伝わされたが、運ぶ量を少なくして、こぼさないよう、又撒く量も少量を全体に……というように次第に要領を覚えたのであった。

給仕の仕事

何時までも遊んでばかりおれないので職業安定所に職探しに通うようになった或る日、千石馬場の近くにある「価格査定委員会」というところで男の小使いを募集していたので早速出向き、面接の上、そこで働くことになった。

この事務所は戦時中の名残なのか当時の◯公……つまり公定価格を決める役所の外部団体みたいなところであった。

二十人ほどいる事務官は皆二十歳代の良家の娘ばかりで、私の仕事といえば、朝これらの人より早く出勤し事務室掃除を済ませ、出勤してきた事務官達にお茶を出し、仕事が始まると自転車に乗って書類などを関係先に届けたりといったことであった。

何よりも私が劣等感を覚えたのは昼食の時であった。お嬢さん達の食べる弁当は皆白米のご飯に色とりどりのオカズ……旨そうに食べる彼女達にお茶を出して、私はトウモロコシの粉で作った饅頭を持って一人近くの材木置場へ行き、材木の上に座りそれを食べるのであった。

引揚者ゆえのこの惨めな思い……若いだけに若い異性に対して屈辱を感じる日々であった。それでも辛抱しながら一カ月半も通ったであろうか……遂に若い男のメンツがこれを許さずこの職場に別れを告げたのであった。

しかし、「働かざる者食うべからず」の時代……この外にも繁華街の天文館に近い道路工事の人夫をしたり、夜中に起きだし城山越えをして鹿児島港に面する易居町まで歩き、夜の明けるのを待って種子島行きの船の切符を買い、この切符を高値で黒砂糖を買い付けに行く商売人に売りつける……いわゆるダフ屋のようなことも経験したのである。

3．筑後の炭鉱へ

その年（昭和二十二年）の夏が近づく頃、大連から軍隊へ入隊していた安興兄がシベリア抑留から解放されて伊敷寮へ帰ってきたのである。

親子兄弟が再会できた喜びも束の間……職探しに奔走したのであるが、当時は鹿児島という所は企業体が少なく、農家や古くから住みついている地元民はともかく、異郷の者、就中引揚者の就職口など望むべくもなく仕方なく当時景気が良いと聞いていた炭鉱へ安興兄と一緒に行く決心をしたのであった。

その炭鉱とは安興兄の戦友であった塩塚氏が一足先に勤めていた。福岡県田川郡猪井金村の新平和炭鉱というチッポケな炭鉱であった。

鹿児島から出発する前日、天文館に近い公衆浴場へ安興兄と入浴に行ったことが思い出される。未知の炭鉱……どんな仕事や生活が待っているのか……不安が先走ってしまい、入浴がみそぎのような気分になってしまった。

翌日、父と姉と別れ、汽車に乗り鹿児島本線を北上し、原田から筑豊本線に乗り換え、新飯塚からさらに後藤寺線という地方線に乗り換え、後藤寺駅で下車、そこから歩いて約三十分……探し当てた炭鉱の寮は農家のような平屋の建物であった。妻帯者には長屋風の住宅があったが我々独身者はこの寮で暮らすのであった。その頃世話をしてくれた塩塚氏はすでに炭鉱をやめ、近くで養鶏の仕事に携わっていた。

寮と仕事

寮には十数名の独身者がおり、その中には入れ墨をした威勢のいい若者も何人かいたようだ。そして、これらを取り仕切る寮母は、実に気風の良い女将さんで、この女将さんには威勢のいいお兄ちゃん達も一目おき素直に従っていたようだ。

ところで寮は……というと個室などあるわけでなく、大きな部屋が二～三あるだけで、それに四～五人ずつが起居を共にする……といった家族的な雰囲気……といえば聞こえは良いが、プライバシーのない生活であった。このような環境には伊敷寮ですでに経験済みだったのでそれほど苦にはならなかった。

さて、安興兄と一緒に事務所に行って入社、入寮の手続きをしたのであるが、安興兄は賃金の良い採炭夫として、私は未成年であったこともあり、力仕事ではなく工作班に所属し、ポンプやトロッコの運転に従事することとなったのであった。しかし、この時、事務員から全く事務的に、

「万一、事故があった時に知らせる人と所を……」

と聞かれた時には当然のこととはいえ緊張してしまった。

炭鉱の仕事は、一番方が朝六時から午後二時まで、二番方が午後二時から晩の十時まで、三番方が晩の十時から翌朝六時までの三交替の勤務体制で、それは、日によって割当てられていた。

安興兄は、炭層のある採炭現場に竹で編んだタボを背負い、仕操り、掘進、の仲間達と一緒に石炭を掘り、背中に炭を背負ってトロッコまで運ぶのである。最初のうちは背中の皮が剝げ、随分痛い思いをしたようであった。

一方私は、本坑のオロシと呼ばれる坑内の一番奥の場所で、そこに溜まる水をポンプで坑外まで敷設された排水管で排水するポンプ方を務めたのである。坑内は常に小雨が降るような水滴が落ち、それが下へ下へと流れてオロシへ溜まるのである。

流行歌で紛らわす

採炭夫は数名が一組となっての共同作業であるが、私の場合は全くの一人ボッチ……。一番奥の突き当たりで一人ポツンとポンプの相手をして過ごすのである。

薄暗い裸電球の下で唸りを上げて回転するポンプ音の中、八時間という時間の長いこと長いこと……。当時、腕時計など勿論持っていなかったので、正に時が止まったような空間の中の孤独感……。そうした中で時折、上のほうからカーバイトランプの明かりが見えてくると、やっと交代の人が来たか……と喜びを覚えるのであるが、この明かりがしばらくするとスーと消えてしまうのである。それは他の作業員が他の枝道へと下って行った……ということなのだ。その時の淋しさと失望は何に譬えようもないほどだ。

このような心細い毎日の仕事を何とか打開しなければと思いついたのが大声を出して歌うことであった。

そこで、街に出た時は、分厚い流行歌集を買い求め、それを持って入坑し、ポンプ音に負けぬ大声を張り上げて歌を歌いまくり淋しさを紛らわせようと努めたのであった。

今流行のカラオケで歌う時、この時のことが役立っているようだ。

寮　長

或る日、寮母の女将さんが、

「明日は全員一番方で仕事をして二時に上がってきなさい」

と云うので翌日は寮生全員が遣り繰りをして一番方で上がってくると、寮の食堂では菰樽の酒が開けられ、卓上には数々の料理が並べられていたのである。さすが炭鉱ならではと思っていても「一体何のお祝いなのか」と、そっと聞いてみると、

「寮長の出所祝いだ」

と云うのである。

宴が始まって主役たる寮長を見ると、頭は銀髪ながら角刈りで片肌いっぱいの入れ墨……しかし、時折金歯をのぞかせて笑う顔はにこやかではあるが、一面凄みを漂わす人でもあった。

この人は勿論女将さんの亭主であった。

二百十日の雨

秋も近づいた二百十日……その二〜三日前から雨が降り続き、遂に坑内に流れ込む雨水がポンプの排水能力を超え、ポンプそのものが水没する羽目となった。

小さな炭鉱ではポンプ一台の水没でも大きな損害らしく「ポンプを何とか引き上げよ」ということになり、ポンプにワイヤーロープを引っ掛けトロッコ牽引の力で引き上げることになった。

その頃、現場周辺ではすでに空気も希薄になり、携行しているカーバイトのカンテラの火も消えてしまう状態であった。

引き上げ作業はポンプを据え付けているボルトを外し、ポンプにワイヤーロープを繋ぐことから始まった。

現場上方の指揮所では洗面器に酢を張りその中に手拭いを浸し、作業員はその手拭いをマスク代わりにして口を覆い、ポンプにたどりつき作業をするというのである。

行きの体力と作業中の体力とそして戻りつくまでの体力を考えての作業……。私もこれを何回か繰り返す中に遂に意識が薄れ小便がタラタラ漏れたような中で気を失ってしまった。気がついた時は診療所のベッドの上であった。

炭鉱全盛の時代とはいえ、実に幼稚で無謀な作業を強いられたのであった。

この事故を機に私は炭鉱に別れを告げたのであった。この間修得したものといえば、坊主刈りだった頭髪を長髪にし、酒と煙草を覚えたことであった。又一方では入れ墨をした兄ちゃん達からは身内意識で庇護され、温かい人情の一部を知ることができたのである。

4．再び伊敷寮へ

窮地に立たされた時、一般的には「父母の待つ故郷へ」という考えに陥りやすいのであるが、今回の私の場合は父の待つ……には違いないが、故郷でもない板張りで他人と雑居する薄暗い伊敷寮へ……であった。

四か月前、大志とまではいかずとも些の志を抱いて伊敷寮を離れたのであったが、再び伊敷寮で父と暮らすことになったのである。この時姉はもうすでに伊敷寮にはおらず、父一人が淋しく暮らしていたのであった。

姉は満州の牡丹江から軍隊へ入った夫の民慶氏が、無事故郷の長崎へ帰っていることが判明し、当然のことながら民世を連れて長崎へ発っていたのである。

伊敷寮へ戻って間もなく、私はふとしたことから別棟に入居している大豊という大阪から駆け落ちしてきたという若い夫婦と付き合うことになったのである。彼等がなぜこの引揚寮に入ったのかは定かではないが、この夫婦には処世上のいろいろなことを教わったのである。

嫁さんは姉さん女房で亭主より二〜三歳年上であったが、亭主は大阪の浪華商業出の色男であった。この二人の間には生まれたばかりの赤ん坊がいたが実に明るい夫婦であった。

二人はさすが大阪人らしく商才に長けており、早速伝授されたのが、当時はまだまだ統制中だった闇たばこの製造と販売であった。

まず薩摩半島や大隅半島の田舎に出向き、農家から葉たばこを買い付け、それを持ち帰って加工し、紙巻きたばこを作り上げ、これを商品として北九州方面へ売りに行く……というのである。そのためには先ず葉たばこの種類を知ること、そして、それを買い付けるテクニック、又葉たばこを適度に湿らせ、分厚く巻き、それを中華包丁のような分厚く大きい包丁で刻み、これに香料などを施して加工し、今度は乾燥させて紙に巻く……といった技術、さらに出来上がった製品を商品として、官憲の目を潜って目的地まで運ぶ要領、販売店との交渉のテクニック等々……実に神経をすり減らすきつい体験であった。しかし、それだけに儲けも多かったように記憶している。

ところが、伊敷寮では、私達の他にも闇たばこを扱うものが増え、このことが官憲の耳に入るところとなり、或る日突然大々的な手入れがあって一挙壊滅となってしまった。幸い私達にまで手は及ばなかったが、私のこの経験は四カ月で終わったのであった。

この間、大豊夫婦とは、よく焼酎を飲み楽しく語り合ったものだ。今、どうしているものやら…。

また、大隅半島の山の中の一軒家で一人暮らしをしている若い農夫が葉たばこを分けてくれた上、白米の食事を馳走してくれかつ泊めてまでくれた温情にも触れることができ、忘れられない。

5. 新が江商店

昭和二十三年二月、伊敷寮での仕事もフッ切れてしまい、さてどうしようかと思っている時、安興兄が働いていた新飯塚駅前の新が江商店という食料雑貨店で働かないか……という誘いがあった。

この新が江商店とは安興兄の戦友でシベリアから一緒に復員してきた人が経営する店で、炭鉱を辞めた安興兄が暫く働いていたところであるが、安興兄も何時までも無駄な横道を歩むことを止め、ソロソロ本来の電気関係の仕事に就こうと考えていたようで、その後釜に……ということだった。

私は躊躇うことなく再び伊敷寮を離れる決心をしたのであった。

新が江商店は店主とその母であるおばあさんに妻の女将さん、それに中学生の長女とその弟の長男と次男の六人家族でそれに私が住み込みで加わることになったのである。

店では野菜に魚に果物をはじめ、その他食料雑貨を大々的に扱っており、店主は青果市場や魚市場の役員もしていて結構顔の利く男のようだった。その頃、もうすでにお妾さんに「おはん」という料理屋をやらせていた実力者でもあったようだ。そういう環境の中で私は朝五時から起きだし、店主が一足先に市場で競り落とした野菜や魚、果物などを自転車の荷台に載せて市場から店まで運ぶのであるが、荷が多ければ何度も往復して運ばねばならず、自転車に乗る技術も大変なもので、しょっちゅう転倒しては体に生傷の絶え間がない状態であった。

当時は、車はもとよりバイクもまだ普及されていなかった時代で専ら後輪にリヤカーのタイヤを付けた自転車が使われていたのである。

この荷台に野菜の時は箱詰めのものは箱のまま、そうでないものは大きな竹籠を載せ、その中にいっぱい野菜を詰め込み、又、魚の時は一箱五キロもある魚箱を五個ほど積み、漬物などは樽のまま載せて運ぶのである。従って自転車の前輪が小さな石ころにでも乗りあげようものなら、荷の重みでアッという間に車は浮き上がり、後ろにひっくり返るのである。

こうして市場から帰ると朝食もそこそこに店頭に商品を並べたり客の対応をし、又時には注文に応じて配達……といった仕事の繰り返し、閉店して床に就くのは十一時か十二時といった毎日であった。

慣れない仕事ではあったが、店主が兄のかつての戦友であり又兄もここで働いていた経緯もあり、一生懸命頑張ったつもりであったが、二～三カ月たった頃、私よりも年上の男が雇われてきたのであった。勿論体も大きく、力も強く、力仕事は捌けたようだった。

その頃から店主も女将さんも気のせいか何となく他人行儀となり、私も今まで抱いていた親近感も薄れてきたように思われだしたのでソロソロ汐どきか……と店を辞める決心をしたのであった。

6．長崎へ

新が江商店を辞めたものの、もう鹿児島の伊敷寮へ戻る気持ちは毛頭なく、福岡あたりで良い仕事がないものか……と汽車に乗り福岡へ向かったのであった。

先ず最初に考えたことは、当面住み込みで働けるところを探すことであった。そこで目抜き通りと思われるところを歩きまわり、求人広告が出ているところを……と探したのであるが、地理不案内の未知の都市、遂に仕事に巡り合うこともなく夜を迎えてしまった。旅館に泊まる余裕もなく、駅まで戻り、駅のベンチで夜を明かすことにしたのである。当時はまだ終戦後の世相の名残か、駅には結構私と同様とおぼしき人達がいたようであった。

結局、福岡での職探しをあきらめ、一足先に長崎に行っている安興兄や姉を頼ることにして長崎へ行くことにしたのであった。

翌朝、汽車に乗り長崎へ向かったのであるが、一年前佐世保の風崎から鹿児島へ向けて、初めて乗った日本の汽車の旅同様、乗客の混雑ぶりは当時と全く変わっておらず、汽車が長崎に近づくにつれ、話に聞いていた原爆の被害が生々しく残っていた。

さて、長崎に着いて最初に訪ねたのは安興兄が寄宿している姉の亭主の兄で、麹屋町の若杉太郎氏宅であった。安興兄は此処に寄宿しながら長崎駅前の大新電気という小さな会社で働いていたのである。

太郎氏は何人かの職人を使いながら近くの仕事場で和ダンス等家具の製造販売をしていたのであるが、ここでは二〜三日滞在したものの、兄弟二人が世話になるのも心苦しく思われたので、私は長崎市に隣接する日見村の養国寺で僧侶として働いている義兄の民慶氏を頼って姉の許へ行くことにしたのである。

養国寺

養国寺は長崎市の東側約十キロにある橘湾に面して存在する、日見網場という漁港の近くにある浄土宗のお寺で、正式には西彼杵郡日見村網場という地名であった。

義兄は此処で僧侶として田代鳳院という住職を手伝っているようだ。

この網場という所は、当時は長崎から三時間に一本しか県営の木炭バスが通っておらず、常に満員で実に交通の便の悪いところであった。

姉はこの寺で、庫裡の入り口横の八畳ほどの細長い一室に親子三人で暮らしていたが、この中に私が飛び込んだのである。

義兄とはここに至って初めて接することになった。思えば大連で結婚式や披露宴の時も親しく言葉を交わしたこともなく、又年も十いくつも離れていて親近感を覚えるというには程遠く、他人行儀に過ごしたように思う。それだけに、二〜三日経つと、もう息が詰まるような窮屈さを覚え、何とか雰囲気を変えようと、早朝から小坊主と一緒に境内を掃除したり、朝晩六時に鳴らす鐘をたたいたり、昼間は義兄の満州延吉の捕虜収容所で死別した戦友の名簿の整理や遺族へ発送する書類の手伝いをしたりしたのであった。

当時、姉の家計は決して楽なようではなく、食事も雑炊や団子汁、サツマイモ、カボチャ等の食事が多かったように記憶している。そのような中で私が居候をしているので姉も夫、民慶氏に対して肩身の狭い思いをしていたのではなかろうか…。

ひと月ほどたってから、日見村のような田舎では就職口もなければ職探しもできないので何としても長崎へ出なければ……との考えに至ったのである。

三菱電機鋳造工場

昭和二十三年七月、どういう伝手を経たのか、もう記憶も定かではないが、三菱電機に勤め、コーラス部でテノールをしているという宮崎酸と云う人から伊良林に住む川原と云う私より五〜六年年上の男を紹介され、この人が働く旭町の三菱電機鋳造工場へ臨時工として働くことになったのであった。

そして住居は当時新中川町の借家で親子三人で暮らしている吉川一郎氏方の一室で下宿

することになったのである。

吉川家は大連時代から両親が交際していた古い付き合いのある一家で吉川健一、吉子夫妻と息子の一郎氏と三人家族であったが、一郎氏は力兄と幼友達でもあり、当時、長崎市消防本部に勤務していたのであった。

鋳造工場では、暗い工場の中で、一面に砂を敷き詰めた地面の上で鋳物の鋳型を作り、その中に高熱で溶かした鋳鉄を流し込んだり、これを冷まして鋳型を外し、製品を取り出す作業に従事したのである。

一日の仕事が終わる頃には、鼻の中、口の中は砂塵でザラザラ……。随分衛生上も良くなかったと思うのであるが、当時そんな衛生や健康管理的な配慮は全くされていない時代であった。

長崎で一家集結

その年の八月、大連に残っていた昭兄が力兄より一足先に引き揚げて来て伊敷寮の父の許へ帰ってきたという知らせがあった。

昭兄も鹿児島では露店のリンゴ売りや人夫仕事等で苦労したようであるが、結局私も経験したように、鹿児島での就職は駄目だ！　と云うことを悟り、長崎で四人一緒に暮らそうではないか……ということになり、同年十一月、義兄民慶氏の世話で、四人が暮らすことができる住居として日見村宿の森川という、旧農家の納屋の二階の六畳一間を借りることにし、鹿児島から父と昭兄を呼び寄せ、安興兄と私の四人が実に三年ぶりに日本内地で一緒に暮らすことになったのである。

当時、職場に通うにしても職探しをするにしても住居は長崎市内にある方が便利であることは判っていたが、経済的にそんなゆとりもなく、結局田舎の納屋の一室に住むことになったのである。

三菱造船製缶工場

一家四人が森川家納屋で生活を始め、どうにか落ち着いてきた頃、吉川一郎氏が三菱造船製缶工場の臨時工の話を持って来てくれたのである。

一郎氏は消防の同僚、山口静雄氏の口利きで、同氏の友人で三菱造船製缶工場の本工員として働いている深堀という人から、臨時工を募集していることを伝え聞き、早速知らせてくれたのである。その時私はまだ三菱電機鋳造工場で働いており、ようやく五カ月になろうとしていた頃で、決して快適な職場とはいえなかったが、人間関係も悪くなく辞めたいという気持ちはなかったのであるが、昭兄と一緒に働いた方が良くないか……ということ、何よりも三菱造船という日本有数の大企業であり、あの有名な戦艦「武蔵」を建造した実績をもつ職場である……ということに次第に気持ちも傾き、昭兄と一緒に応募の手続きをとったのである。

当時、造船界は人手不足だったのか二人とも採用され同年十二月から早速、山田組で就業することになったのである。

製缶工場の仕事は主として船のボイラーを造ることであったが、最初に私がやらされた仕事は分厚い大きな鉄板の錆おとしであった。

エアーハンマーを使って鉄板に振動を与え錆を落とす方法と、先の尖ったハンマーでコツコツ叩いて錆を落とす方法があったが、昭兄は前者を私は後者でやらされていた。

工場内の粉塵は前の鋳造工場ほどではなかったが、大いに違ったことは騒音のひどさであった。

先輩工員の殆どの者が耳栓をしており、従って言葉のやり取りに代わってすべてが手話で交わされそれがなかなか理解できず、仕事上の指示をされても、適切な対応ができず、随分苦労したのであった。

結局このように役立たずの日々が続き、私は段々と本来の仕事から外れ細々とした雑用や昼食の運搬や後片付け風呂わかし等をさせられるようになったのである。

当時、同じ山田組には、私と同じ年の三菱造船技術学校を卒業した倉本という見習い工員と、県立工業高校を卒業した江口という見習い工員の二人がいたが、彼等は将来を嘱望されたエリートとして、先輩工員が下にも置かない態度で手をとり足を取るように教育していたようだった。

しかし、彼らを傍目で見ながら、私には不思議とこれを羨んだり妬んだりする気持ちは湧かなかった。

「私には工員という仕事は不向きであり、今の仕事は一時的なもので、何れは他の職に転向するのだ」

という私なりの決心をしていたからだろう……。

翌二十四年十二月突然会社の都合で臨時工何人かの整理解雇が行われ、兄と私は案の定、その対象とされてしまった。

元来、臨時工とは余程の人材でない限り会社の都合で何時首を切られても仕方のない条件だったのだ。

この時、かえってホッ……とした気分になったのを覚えている。昭兄と一年間の三菱造船勤務であったが、この間、笑うに笑えぬ思い出も多々あった。

その一つ当時日見での生活は、父が納屋の土間の片隅に、石を積み泥で固めたかまどをつくり山で集めてきた枯木を燃料に煮炊きをしてくれていた。そして、家計は三人が働く僅かばかりの給料で賄っていたが、勿論十分なものではなく、そこで、父独特の伊敷寮での手法が如何なく発揮されたのである。

つまり、配給される米は全部闇市で売り払い、その金で安いイモやトウモロコシの粉を買い、それを主食として食いつなぐ……というやり方である。

又洗濯は三人が休みの日に溜まった洗濯ものをリュックに詰め、大きな洗濯石鹸を買って近くの川に行き半日がかりで洗濯し、持ち帰り干すのである。そして入浴は三～四日おきに近所の農家の風呂に入れさせてもらうといった生活であった。

そんなある朝……昨夜布団に入ってどれほど眠っただろうか……と思う頃、

「オイ、起きろ、時間だぞ！」

という父の声に起こされ、眠い目をこすりながら顔を洗い、父が作った朝飯……トウモロコシの粉を練って大きく丸めそれを蒸かした饅頭……を無理して詰め込み、葉っぱの浮いた塩汁で喉に流し込み、底の浅くなったズックをつっかけて、暗い山道を石ころを踏みながら坂を上り、日見トンネルを通り抜け、本河内の坂道を下って、市内電車の東の始点である蛍茶屋まで約一時間余り歩き続けたのである。

この頃になると、何時もは夜が明けかかるのであるが、この日はどうしたことか何時まで経っても電車のレールは黒く光ったまま……。オカシイナ～と思いつつも昭兄と大波止まで歩き続けたが、それでもまだ空は一向に明るくならず、しかたなく波止場に繋がれている通称「奴隷船」といわれる造船所の通勤線に乗り込み、誰もいない冷たい木の長椅子に横になったのであった。寒さに震えながらも暫くウトウトしただろうか、ヤット空が白み始めたのであった。

この日は仕事が終わり帰宅して父に聞いて判ったことは父が一番鶏の鳴き声を勘違いして真夜中に私達を起こしたのであった。当時、我が家には時計などと云う貴重品はなかったのである。

この当時通勤は、片道一時間半かかる道程を毎日往復とも歩き通し時たま……給料日や残業のあった日ぐらいにしかバスには乗らず節約したのである。その頃のささやかな楽しみは、工場の昼、または残業の時に出る給食と、給料日に真っ先に駆けつけて買って吸う紙巻き煙草の一服ぐらいだった。

力兄一家の引揚と転居

昭和二十四年十一月頃、大連で技術者としてソ連軍に残留させられていた力兄がやっと解放され引き揚げてきたのであった。力兄は大連ですでに石井須磨子という同じ職場の女性と結婚しており、舞鶴上陸のあと、産気づいた須磨子さんを途中の大村国立病院に残し、一足先に長崎にやってきたのであった。義姉となった須磨子さんは暫くして無事男の子を出産し、迎えに行った力兄と一緒に日見宿に帰ってきたのであった。私は初対面の時義姉の顔を見て何となく見た顔だナ～と思ったのであるが、話を聞くうちに私が中学三年生の時学徒動員で義昌無線露町工場に通っていた時、設計の仕事をしていた人であったことが分かったのである。この時、又々縁は異なものと云うことを痛感したのであった。

力兄と義姉の間に生まれた子は「武」と名付けられ、日見宿の納屋の六畳一間は大人六人と赤ん坊の七人の狭い住居となったのである。

この窮状をとりあえず何とかしようと、一階の土間の一部を床上げして板を敷き古畳三枚を敷き安興兄、昭兄、私の三人が一階で寝ることとなったのである。

このような住居環境は当時の引揚者であれば誰しも経験することとはいえ、もう極限の状態であり、八方手を尽くしてヤット近くの高比良というこれ又農家の二階、二間で十四畳ほどの家に転居することとなったのであった。

しかし、その頃から安興兄は勤務先の長崎で泊まることが多くなり、やがて一人離れて長崎市へ転居して行ったのである。

マルミ屋商店

三菱造船所を首になった昭兄と私は、引き揚げてきた力兄と職探しをしながら時折、近所の農家の畑仕事の加勢をしたり、父が集める薪とりに山に登ったりしていたが、或る日、浜町の個人商店の菓子屋で働く藤山という私と同年の男から、兄が蛍茶屋の近くで秋に食料品店を開くので住み込みの男を探していることを聞き、早速訪ねてみたのであった。

この藤山という男は、私立高等学校に通い苦学していた男で、私も当時同校の聴講生として時折通っていたのである。

この学校は定時制の高校で生徒は皆昼間働きながら夜勉強するといった人達であった。

新店舗は国道三十四号線に面し、蛍茶屋電停のすぐ傍らにあり、店主は五十歳代の田中と云う人で、その妻は以前県立女学校の教師をしていたという人物で、子供も男女三人がいたようである。この付近一帯は前面には県営アパートや人家が多く、また、背面には大きな住宅が立ち並ぶ高級住宅街であった。

私はこれらの家庭を対象にこの店で働くことになったのである。日見宿の我が家では姉が私の薄汚れた布団を洗ってくれたのであった。そして、五月のある日、近所の農家の泉氏が牛車に野菜を積んで街に出る時、私の身の回りのものとこの布団を載せて蛍茶屋まで運んでくれたのである。

我が家はこの時、一カ月前の四月から昭兄が日見小学校の教員として採用され、すでに就職しており、姉も明治生命の保険の外交として働き出し家計も徐々に好転の兆しを見せていたのである。

新店舗では当初、朝の開店から夕方まで販売の仕事に従事し、早目の夕食のあと、夜間高校に通うため、生活必需品と学費を負担してもらうことで手当はなかったように思う。何分今後の店の状態を見て決めるという初めからの考え方だったのでその条件に甘んじていたのである。それだけに住宅街で始める新しい店ということで私も顧客の開拓に張り切ったのであった。

店は「マルミ屋」と名付け、新しく作った店の名刺を持って一軒一軒挨拶をかねて宣伝して回り卸商品の受け入れや店頭での客の対応、御用聞きと配達等に懸命に頑張ったのであった。

この時、かつて飯塚の「新が江商店」で経験したことが随分役立ったことはいうまでもない……。

次第に客も増え、配達の数も多くなり、段々忙しくなってきたのであるが、それが逆に夜学に通うことをむずかしくしてしまったのであった。

かつて女学校の教師を務めたお内儀さんだけに苦学生には理解を示してくれるものと思っていたのであるが、やっぱり自分の店の経営に関することとなると又別のようで次第に学校への足も遠のいてしまったのである。

仕方なく、夜、閉店後、自分で教科書や参考書を開き独学に励んだのであった。

消防本部の受験

昭和二十五年の九月頃夜学へ通うことをほぼ諦めながら店の仕事に従事していた時、「消防本部で消防士を採用する」という話を聞いたのであった。その話は勿論消防本部に勤める吉川一郎氏がもってきてくれたもので、早速力兄と二人で受験の手続きを取ったのである。そして、十月の試験日は市立長崎中学校の試験場へ行くと、三十四人採用するところなんと、応募者二百五十人が五つの教室に分散しての受験であった。学科は数学、国語、社会常識、作文と四教科であったが、私は独学ながら苦手だった代数の復習と当時戦後の日本の社会情勢を知るべく、できるだけ新聞に目を通していたのが役立ったようで我ながら悪くない出来栄えだったことを覚えている。この一次試験でおよそ三分の二ほどの者が落とされたが、兄と私は幸い二次試験に進むことができたのである。

二次試験は体力試験で短距離走や鉄棒の懸垂、土のう搬送等であった。これでまた半数ほどのものが落とされ、残ったものは後日いよいよ最後の面接を受けたのであった。兄も私もすべての試験を受けることができ、その後待つこと二カ月あまり……駄目かナ……と思っていた年末の或る日、兄ともども合格通知が届いたのである。

後日、判明したことでは、私は受験者の中では最年少であり成績は三番だった。

年が明けて昭和二十六年一月十一日採用となり、力兄と共に紺のダブルに金釦の制服と制帽それに初任給五千三百円の辞令を受け取ったのであった。

従来、消防の組織は警察の一部門に過ぎず、火災の際の消火活動のみを本業とするいわゆる「火消し消防」であったが、戦後、アメリカの消防制度を取り入れ昭和二十三年三月七日、自治体消防の組織として発足し、新たに予防行政が大きく取り上げられるようになったばかりであった。

7. 消防歴四十年の思い出

前記のとおり、私は昭和二十六年一月十一日に消防本部に採用されてから平成三年三月三十一日まで実に四十年二カ月二十一日の間、長崎消防の予防、警防、救急救助に総務といったあらゆる消防業務に従事したのであった。

最初は一番下の階級、消防士から始まって士長、司令補、司令、司令長、消防監と逐次昇進し、最後は職員五百人を擁する長崎消防の消防区監という最高の階級で、消防局長の地位に昇りつめることができたのであった。

この間、長崎市長、県知事や全国消防長会長あるいは消防庁長官から表彰を受けたり、その他の表彰も数多くあるが、中でも消防機関最高の長官表彰「功労賞」は誇りに思う一つである。

今、これらのことを思う時、私自身の努力は当然のこととしても、何と云っても苦しい家計を支え、雑念なく仕事と勉学に没頭させてくれた妻ヨシミの内助の功によるところ甚大であったと熱く感謝しているところである。

又、業務上では大火災に遭遇すること約六十件……随分恐ろしい思いをしたことも多々あったが、同僚のうち四名の殉職者を出す悲しい思い出もあったのである。その他、心に残る数々を記してみよう……。

昭和二十八年暮れの忘年会

この年四月の人事異動で私は消防長の甲隊第二分隊から甲隊事務係に異動したのであった。当時の組織は消防本部に消防課、消防訓練所があり、全員が行政事務に携わり、日勤であった。また、消防署は一署しかなく署長と女子事務員が日勤で、あとは二十四時間の隔日勤務で甲隊と乙隊の交替制であった。

甲隊が非番の日の年の暮れ、全員で忘年会をすることになり、その会場が大浦の諏訪神社であった。この頃はどういうわけか神社でも神事以外でも宴会場が一般にも使われていた。クリスマスも近付いたこの日、甥の民世と姪のマスミに、約束のクリスマスプレゼントを買って帰ろうと宴酣の中、私は一足先に会場を後にして石橋の電停まで走って下り、停留所の椅子にかけて電車を待っていたのであるが、飲んだ直後の急な走りで酔いが一ぺんに回りだし、電車が来て乗ろうと立ち上がった時、フラッとしてあっという間に停留所横の大浦川に落ちてしまったのである。その時、幸か不幸か川は平汐で水はなく、三メートル下の川底のガタ土が露出していてその上に落ち込んだのであった。

これを目の前で見ていた電車の運転手と車掌が私を助け上げ、消防手帳から私の身分を知り署へ連絡するとともに電車の椅子に寝かせて千馬町の信号詰所まで運んでくれたのであった。そして、そこまで来ていた救急車で消防署の外勤室に運ばれ寝かされたのであった。

翌日、目が覚めると、ガタ土やドブの臭い匂いと顔一面のかすり傷……見るも無残な恰好であった。幸いなことに上司から何のとがめも受けなかったが、後の挨拶やお礼まわりは実に恥ずかしかったことを覚えている。

民世達へのプレゼントもあとまわしになってしまった。

立山町の下宿生活

昭和三十四年一月頃、それまで約一年の間田上で世帯を構えていた昭兄の家庭に同居していたのであるが、何時までも兄達と一緒では自立できないと悟り、当時よく利用していた、署の近くの一休食堂の後田という経営者の紹介で、立山の中ほどにある下釜シズさんという、長崎税関に勤める人の家に下宿することになった。

早速、小さな箪笥と水屋や食器、それに座り机と石油コンロを買い求め、布団袋を積んで引っ越し自立したのである。

この下宿は木造二階建ての小さな建物で、一階に家主の下釜シズさんと病気で入退院を繰り返している娘の京子さんの二人が住み、二階の六畳一間には内藤という私と同年の法務局に勤める兄と、予備校に通いながら進学を目指す弟の二人が自炊しながら間借りをしていた。その隣の襖で隔てられた六畳の間に私が入ったのである。

私は最初、食事を賄ってもらう下宿のつもりで入ったのであるが、隣の内藤兄弟の自炊を見て私もこれに倣い自炊をすることにしたのであった。

炊事は階段を上った踊り場に窓がありその外に小さな流し台が取り付けられ、そこに延長して敷設された蛇口があって洗いものはそこで行い排水は裏の小川に流し、包丁まな板を使った調理や煮炊きは部屋の中でやっていたのであった。

この頃から私も夕方になると何となく酒が飲みたくなり晩酌を始めたのであった。

ここでの生活は約二年半であったが、その間に内藤氏は結婚して兄弟とも出ていき、後に東高校に通う学生が入ってきた。家主の息子正三君が自衛隊から戻ってきたという変動もあった。

又、親父が私の給料日には毎月必ず茂木からやって来て二～三日泊まっては楽しみの酒を酌み交わしていたのを思い出す。親父はこれが唯一の楽しみだったようだ。

待望の高校入学

前項の下宿生活に前後してしまったが、消防署に勤めだして二年ほど経た昭和二十八年四月、私は昭兄の同僚の朝永先生の口利きで私立瓊浦高等学校の定時制の四年に転入学することができたのであった。

三年前、私立高校に通学できることを条件で勤めたマルミ屋商店であったが、店の都合で敢えなく挫折させられた苦い思い出が忘れられず、何時か高卒の資格だけは取得せねば……とかねてから思っていたのである。

幸いなことに当時私と力兄とは甲隊と乙隊の反対局の二十四時間勤務であり、私が非番の日は問題ないのであるが、勤務の日は私が通学する間（十七時～二十一時）非番の力兄が私の代わりに勤務に就いてくれ、このことを上司も承認してくれたのであった。

こうして一年間通学した結果、国語、社会、数学、理科、英語、生物の六科目すべて合格点を取り翌二十九年三月十日瓊浦高校普通科を卒業することができたのである。正に本高校定時制の一期生であった。

さて、通学に当たって、私はともかく、非番日の晩、四時間を私のために又出勤し勤務に就く力兄の労苦は大変だったと思う……。

幸い私は旧制中学三年修了だったので最高学年の四年生で一年間通学したところで卒業できたのであるが、それにしても力兄のこの一年には感謝の気持ちでいっぱいである。

何でも亡くなった母が、兄によく末っ子の私のことを案じて「くれぐれもよろしく頼む」と云っていたらしい。

昇任試験

　昭和四十二年の春、消防士長と司令補の昇任試験が行われることとなった。消防の階級は一番下の消防士から上の消防長まで七階級があり、必要に応じて各階級の昇任試験が実施されていたが、私はこの十六年間一度も受けることがなく消防士に甘んじていたのであった。しかし、このところ新規採用された職員が増えそれらの者が三年経って士長昇任試験の受験資格を得ると遠慮会釈もなく昇任試験を受け、後輩の何人かが私を超えて上の階級になっていたのである。

　私は遅まきながらこのことに気付き、ノンビリしてはおれんと悟り発奮したのであった。そして受験計画を立て酒も慎み勉強に励んだのであった。当時私は予防課勤務で日勤であった。

　この頃、我が家では妻ヨシミのお腹の中に出産間近の欣之がおり、五年前に由美子を生んだ下村産婦人科にヨシミを入院させていたのであった。

　私は試験を間近にひかえ、朝六時に起きて洗顔のあと、当時四歳だった由美子を起こし、顔を拭いてやり服を着せ、七時半頃のバスで街へ出て食堂で親子二人朝食をとり、それからヨシミの入院している病院へ行き、由美子を預け、出勤するのであった。そして、夕方仕事が終わると、又病院へより、時には近所の風呂屋で由美子と入浴し、その後食堂で晩飯を食べ家に帰り由美子を寝かせつけ、私は夜中の二時頃まで受験勉強をするのであった。

この時の頑張り……今思えば逆境の時こそ頑張りがきくもの……という貴重な体験をしたのであった。こうして学科試験をとおり実技試験訓令礼式とポンプ操法も無事通過し、最後の面接試験を経て合格することができ、七月一日付で消防士長に昇任したのであった。この時、制服の袖に銀線を巻き、胸の階級章の星が一つ増えたその輝きと喜び……本当にうれしかった。

翌年の夏又、士長と司令補の昇任試験があったのであるが、私は「消防士を十年以上勤めかつ士長を一年以上勤めた者」という当時の受験資格の項目に該当し、躊躇することなくまた司令補の昇任試験を受けたのである。どうせ受けるなら昨年勉強した知識を忘れんうちに……ということ、今までの遅れを取り戻すためにと再び頑張って勉強したのであった。その結果、学科、実科、面接と一連のテストも無事通過し十一月一日は消防司令補に合格し、再び予防課へ異動となり予防主任に昇任したのであった。勿論この時も制服の袖の銀線が今度は金色の線に替わり、胸の階級章も真ん中に金線が入ったのであった。

消防大学校

司令補に昇任して三年半、その間、私はどうした風の吹きまわしか警察署長から移入人事で二人目の消防局長となった西恒局長から、目をかけられ消防出初めの式典、慰霊祭、春秋の火災予防運動、歳末火災予防警戒、防火の集い、防災訓練など消防の主な行事を掌る司会進行すべてを一任され重責を担わされることとなったのであった。そして、詮衡試験で昭和四十七年三月一日付で消防司令に昇任し予防課指導係長となったのである。さらにその翌年、昭和四十八年四月一日消防大学校への入校を命じられたのであった。

消防大学校は東京都三鷹市にあり、全国の都道府県や市町村から派遣される消防の幹部を対象に、さらに高度な知識や技術を学ばせる大学校で、国家行政組織法に基づく自治省消防庁の附属機関として設置された学校で、本科、専科等の種類があり、科によって入校期間が定められており、私が入校した本科は、若手中堅幹部が将来は消防長候補となれる有能な者を学ばせる科で、六カ月という一番長い入校期間であった。

学校は全寮制で私達本科生は四十四名で、校庭に面した一番奥の南寮があてがわれ私は三階の部屋に五人の学生と一緒に起居を共にすることとなったのである。部屋は十四畳ほどの畳の間と十畳ほどの板の間の勉強部屋が設けられ、ロッカーや寝床の位置勉強部屋の机などくじ引きで決めたのである。顔ぶれはというと、山梨県の大森（四十八歳）、福島県の緑川（四十三歳）、千葉県の石井（三十歳）、大阪府枚方の上田（三十歳）と私の五人……、この中で司令の階級は私一人で後は皆司令補であったが、ここでは全員階級章を外して代わりに学生記章と名札を付け、年齢と階級に関係なく全員が同じ学生として行動することになったのである。この時私は四十二歳、学生の平均年齢は三十七歳であった。

寮生活は朝七時起床、八時朝食、正午昼食、十七時三十分から入浴と夕食、二十二時三十分消灯といった日課で、学生が交替で寮内当番にあたり、朝八時三十分から翌朝八時三十分まで、寮内の人員、施設等の管理に当たることとなっており、私も卒業までの半年間に二回従事したのであった。

一方、授業は別棟の校舎で朝九時から十七時までの五時限（土曜日は正午まで二時限）で、講師は国の行政機関や大学教授あるいは東京消防庁、ＮＨＫ、その他大企業の幹部等が派遣され、実に錚々たる人物ばかりであった。

本科生には授業の他、厄介な研究論文の作成があり、五月の連休のあと、各部屋単位に作成に入り、八月中に仕上げねばならなかった。私達は当時私が興味を持っていた「消防広報」を取り上げることとして、題を「消防広報実務の考察」として序論から結論の間に四つの章を設け、それぞれ分担しあい、放課後や休日は資料集めや文献探しに図書館や関係先に出向いたりしたのであった。こうして苦心の末、東京消防庁から調査研究部長として派遣されていた毛塚教官の指導を受けて完成、後日発表して好評を得たのであった。これが終わると今度は九月の初めに効果測定という所謂卒業試験があり、危険物規制、危険物化学、予防査定、民法、消防戦術、地方自治法レポートなどがあった。これらも、この年になって…と思って取り組んだのではあったが、全員が同じ環境のなかで勉強するのを見ると、つい発奮し無事合格点を取ることができたのである。

この他、課外授業で皇居や東京消防庁、あるいは幡ヶ谷の東消の消防学校、消防研究所やＮＨＫ、石油の貯蔵施設を見学したり、伊豆半島や秋田、青森両県、十和田湖や宮城県の松島等への研修旅行に行ったり、また、消防大学記念祭の演芸等、思い出に残るさまざまな行事は家族と離れて暮らす淋しさを紛らわすに足る催しであった。

何よりも楽しみだったのは、授業のあと、入浴、夕食もそこそこに学生同士が部屋で飲み交わす酒……。それぞれが故郷から送られた珍味を肴に汲みかわす酒は、話題とともに又格別の味であった。

私達、本科生と一緒に入学した専科の予防課生は三カ月で卒業して帰って行き、その後入学した消防課生も二カ月で帰って行き、上級幹部科や救急科等の学生も一カ月くらいで帰って行き、その度に校門際に並んで卒業生を見送る時の我々本科生の複雑な心境……。我々は何時になったら帰れるのか……と半ば諦めに似た気分になったことを覚えている。この時家から届くヨシミと由美子とたどたどしい字の欣之の手紙にどんなに慰められたことか……。

総てを終え、九月の末卒業前夜の校庭で行われたファイアーストーム。……半年間、苦楽を分かち合った学友との別れの宴は何時終わるともなく続いたのであった。

これらの他に忘れられないことは、土曜の度に外泊許可をとり、品川区西大崎にある霊源寺……義兄の民慶氏が住職で復縁した姉が居住するお寺に行き、姉や会いに来た民世、マスミ達と酒を飲みながら語り合うことであった。時には飲み過ぎて翌日は民世と目黒のサウナに行ったこともあった。

又姉が上野、浅草方面を案内してくれたことや民世が一人住んでいた逗子に行ったり、マスミが健ちゃんと住んでいた川崎市のアパートへ行って泊まったこと等、たくさん思い出ができたのであった。

その外にも休日には一人で東京駅から皇居の横を通り、地図を頼りに四～五時間かけて新宿まで歩いたり、山手線に乗り一周してみたり、地下鉄各線に乗ってみたりしたことは、大都会東京の交通に随分自信を得たことであった。

又、部屋の各学生と一緒に土曜から日曜にかけてそれぞれの出身地やその周辺を回った思い出も忘れられない…。習志野の石井君には千葉の銚子や、犬吠崎へ連れて行ってもらったり、甲府の大森君には富士山の五合目までとか、富士五湖や山梨の昇仙峡に行ったり、郡山の緑川君には会津若松や、猪苗代湖から裏磐梯を見ながら吾妻スカイラインを通って、飯坂温泉から福島郡山へと小旅行をしたこと等、思わぬ見聞を広めたのであった。

こうして消防大学校本科二十六期生は今では数名が他界し、過半数の者が定年を迎えすでに退職し、僅か数名の者が現役として残っているのみである。今二年ごとに開かれる同期生会が楽しみである。

7・23長崎大水害

昭和五十七年七月二十三日（金）夕……長崎でかつて経験したことのない大水害が発生

した。

この日は朝から空はどんよりと曇り、時折り小雨が降るといった天候の中市内の官公庁や一般企業は通常の業務を終え、夏の一日の夕暮れを迎えようとしていたのである。こうした中、午後五時過ぎ頃から本格的な雨が降り出してきたのである。

私はこの日、午後六時から始まる消防職員の慰労会のため、西小島町の料理店「通天閣」へ行っており、開会を待っていたのであった。

この慰労会とは、前は九州地区の消防救助技術指導大会が長崎で開催され、九州各県から予選で選ばれた各消防署の選手が参加しての盛大な大会が行われたのであった。その結果、長崎消防も好成績を収め、全国大会へ出場という成果を挙げ、それらの選手を囲んでの慰労会であった。

しかし、会が始まる頃から雨足が激しくなり、雷鳴とともに大粒の雨が叩きつけるように降り出してきたのである。ちょうど局長が挨拶を始めた頃、局の通信から私に電話がかかり、赤瀬係長から、

「崖崩れなどの災害が相次いで発生し、救助要請の通報がどんどん入っている」

という……。早くも今までにない発生件数のようだったので、直ぐに局長に報告し、会は選手を残して幹部はそれぞれの部署へ戻ったのである。

この時、私は消防局の警防課長として就任し、まだ四カ月ばかりであった。

警防課長は消防通信業務を含め、火災をはじめ風水害などの警防活動や救急救助活動な

どすべての警防業務の中心となる立場で、それらの基本的な企画立案や、各署の警防業務の指導助言を行う立場にあったのである。

局に戻ってみると、通信指令室では一一九番の相次ぐ通報で、修羅場の様相を呈し、消防隊はすでに全隊が出動していたのであった。

こうして翌午前三時頃まで豪雨が続き、この日だけで五百八十ミリの雨量を記録し崖崩れ山崩れ河川の氾濫等の災害が発生し、六十余件の災害現場で死者行方不明二百六十二名建物被害二万五千軒、車両被害二千五百台、損害額二千余億円という大損害を蒙ったのである。

とくにこの災害は長崎市を中心として発生したため、都市型災害の様相を呈し、交通機関では自家用車は勿論のこと、鉄道をはじめ、電車、バス、タクシー等が運行不能となり、また、都市施設として電気、ガス、水道、電話等が停止し、復旧までかなりの日数を要し、市民生活に多大な影響を及ぼしたのであった。

私も一週間は自宅に帰ることもできず、局内で勤務を続け、着替えの下着を持ってこさせ、夏の暑いのに庁舎の廊下で石油ストーブをつけてお湯を沸かし、パンや牛乳や握り飯とタクワンの食事を繰り返したのであった。

消防隊は連日交替で災害現場へ出動し警察や自衛隊員らと協力して救助活動に当たり、結局、二カ月半後の十月六日、なお行方不明者四名を残し捜査を打ち切ったのであった。

現場が一段落した頃から全国各地から視察団が訪れ、私は市の災害対策本部を代表してその対応に従事することになった。

ことに国からは、自治省、消防庁、国土庁、建設省、科学技術庁等の各省庁を始め、都道府県や市町村などの自治体及び各消防機関、また、国会議員団や大学教授あるいは報道関係機関などに対し、毎日のように長崎県からの要請を受け、半日は県庁で災害の説明に当たり、午後は現場に案内をして説明をするといった連続の日々であった。また、再びこのような災害をひき起こさないように……と数多い教訓の中から「防災都市構想策定委員会」と「防災対策検討委員会」が設けられ、私もその一員として消防機関を代表して参画し検討に携わったのである。そして翌年一月にはＮＨＫから招かれ、東京渋谷の放送センターで長崎大水害の様子を全国放送をしたり、三月には岡山県から要請を受けて、県下の官公庁や消防署員、団員等を対象に講演を行い、また、九月には大分県と山形県から、更に翌年の二月には熊本県から、次いで四月には富山県からも同様の要請を受けて講師として講演に出向いたのであった。

こうして災害発生から約二年間、その後処理に従事しようやく落ち着きを取り戻し、平和な市民生活に戻ることができたのであった。

消防在職中この自然災害の猛威は火災と違って、正に受け身以外の何ものでもなく、人知人力のか弱さを体験痛感したのであった。

公舎住まい

昭和六十一年十月一日、西消防署長を命ぜられ、自宅から官轄区域内の署長公舎に移らなければならなくなった。

前任の末次署長が錦町の住宅を公舎として借りていたが、建物自体も近隣の環境も私には好ましく思われなかったので、秋に松山町の陸上競技場の西側にある城山町の住宅を借り、西署長公舎として移り住むことにしたのであった。

この建物は木造瓦葺平屋建てで結構庭も広く、ピラカンサスや梅の木が植わっており、駐車場もあった。間取りは六畳三間に四畳半の板の間、六畳の広さの台所にトイレと風呂場といったものであった。場所も城山小学校の下で、近くには陸上競技場やサッカー場、県立体育館や市民プールに武道場などの運動施設があり、又反対側には城栄町商店街があり、便利であったが、何といっても原爆落下中心地から五百メートルぐらいの位置……被ばくの惨禍をまともに受けた地域に違いはなかった。

ここに由美子と親子三人、それに我が家から連れて行った、飼い犬のタローと飼い猫のミー子で暮らしたのであった。この公舎には昭和六十三年の三月まで……と諦めていたが、次長の松添氏が急に辞職することとなり、順送り人事で今度は私が中央署長となり翌六十二年四月、古川町にある中央署長の公舎に移ることとなったのである。

中央署長公舎は昔愛宕町にあった消防局長公舎を市が処分し、その代替として購入したもので、木造モルタル瓦葺二階建ての大きな建物で、昔料亭ではなかったかと思われるような玄関を入ると、広い土間に飛び石が置かれ、その周りには玉砂利が敷かれ大きなふみ台から板張りのホール……一階には六畳二間と二つの床の間と仏壇置きのある十四畳の大広間……奥の方には六畳の広さの洋間と、又台所は十畳ほどの広さに作りつけの食器入れもあり、その横には四畳半の居間が、そして広い廊下の奥にはこれまた広い風呂場と洗面所、トイレがあり、二階には六畳二間、六畳の広さの洋間、更に四畳半の部屋が三間とトイレがついており、親子三人で暮らすには広すぎて、淋しさを通りこして怖いくらいの感じがあった。

敷地の裏には池と築山のある庭が有り、毎年庭師が入って手入れをしているだけあって、小ぢんまりときれいな庭であった。

近隣には、前方に小学校、隣に由美子と欣之が生まれた産婦人科があり、又長崎随一の繁華街まで五分と云う街中ではあったが、比較的静かで生活上大変便利も良く環境としても最良の場所であった。

二か所の公舎住まいを体験して感じたことは、先ず署長という責任の重さと、自由な時間のないこと……住宅もあてがわれた箱ものならば、行き来する足も局長車の中……また休日でも常に行き先をはっきりさせ、ポケットには無線機を入れて……という常に拘束された感覚の中での生活……たまには安らぎをと自宅に戻り、戸や窓を開放して外気を入れ、掃除をして、一休みして公舎に戻るのであるが、その間も落ち着いた気分になれず、『結局人間には不満ながらも与えられた環境に辛抱しているときが一番心理的に安定するのだ』ということがわかったのであった。こんな時、唯一の安らぎは晩酌であった。

昭和六十三年四月、消防局次長になって自宅に戻ってみると、畳は湿気でぼろぼろになっており、座敷の壁も湿気でカビが付着し、見る影もなく仕方なく、畳を買い替えて敷き直し、ついでに座敷も居間も根太からやり直し、床板も張り替えて、壁も塗り替えて、公舎住まいの結果として思わぬ出費に見舞われたのであった。

局長職

平成元年三月二十八日夜、自宅に市役所の秘書課長から電話があり、私に、

「明朝九時半から人事についての開示があるので出席してください」

とのこと……。翌日、市長室隣の第一応接室に出頭すると、二人の助役と収入役が立ち会う中、本島市長から、

「四月一日から消防局長として、消防行政の仕事を頑張ってください。よろしく頼みます……」

という辞令を受けた。そして三日後の三十一日、午後三時から市の議場で、それぞれ内示を受けた幹部職員に、市長から辞令の交付をうけたのである。

辞令交付は、本来四月一日に行うのであるが、この年は長崎市制百周年記念日に当たり、その式典があるため、繰り上げて公布となったのであった。

奇しくも長崎市制百周年にあたる日に私が長崎市消防局長に就任という目出度い記念に日が重なったのであった。

さて署長になった時もそうであったが、今回もある程度の予想と覚悟はしていたものの、喜びよりも不安が先に立ち、何とも複雑な気持ちであった。しかし案ずるばかりでは良い仕事ができる筈もなく、『なにかあった時は潔く責任をとって辞めればいいんだ！』と腹をくくったら、不思議と不安は消し飛んでしまった。

先ず四月一日は、新規採用された職員に対しての辞令交付から始まり、現職の昇任者、異動者への辞令を交付したあと、全職員に対し、局長としての初訓示を行ったのであった。

それから十日間ほどは挨拶廻りに費やしてしまった。この時つくづく感じたことは消防局長とは外交官のようなもの……内政……つまり消防業務は次長と三人の署長に任せ、対外的な折衝や行政を推し進めるのが局長の仕事と割り切ったのであった。つまり、局長になったとたん、対外的な肩書が一ぺんに増え、それらの仕事も急増したのである。そしてさっそく訪れたのが全国消防長会の仕事であった。

全国消防長会とは全国の消防本部千カ所の消防長をまとめた組織で、東京消防庁の消防総監を会長に法制、財政、人事、教養、技術、予防、警防、広報、防災、救急、危険物、組合、消防など、十三の委員会があり、消防行政にかかわる諸問題を検討、審議し日本消防の発展に寄与することを目的として結成された組織なのである。

私は局長就任と同時に財政委員会の副委員長となり、消防力の強化や消防施設の科学化に伴う口座補助金の確保や、地方交付税の増額等、一連の消防財源の確保について検討することとなったのであった。そのため、年二回以上、全国各地を持ち回りで会議が行われ、出張するのであった。

又、年末には全国消防の要望や陳情のため、国の機関……特に自治省や消防庁や国会議員会館を訪れたのであった。

当時、自治大臣だった。自民党の渡部恒三氏の大臣室を訪れ、応接椅子に座って陳情したことや自治事務次長、自治財務次長、また、当時の木村消防庁長官を訪れたことも、今は良き思い出となった。

又、この全国消防長会は、下部組織として、全国を九つの地区に分け、九州ブロックは九州支部として福岡市の消防局長と支部長に、長崎市と鹿児島市の局長が副支部長ということで、私はこの組織でも副支部長となったのであった。

九州支部は九州の百三十の消防長が春秋二回の役員会と、秋の総会がもたれ、九州各地を持ち回りで会議が開かれたのであった。

更に長崎県では県下に十の消防本部の消防長で構成する県下消防長会が組織され、私は会長として会を掌ることとなったのであった。これも春秋二回、県下の各地で会議が開かれたのである。

これら会議の外、行事として職員の駅伝大会、剣道大会、意見発表会、救助技術指導大会等が開催され、九州大会あるいは全国大会へと出席するのであった。

さて、本来の長崎消防の仕事としては、先ず次のような年間行事があり、局長として必ず式辞や挨拶をするのであった。

一月七日の消防出初め式は、長崎消防の祭典として朝十時から式典、ついで機械器具点検の点検者を務め、分列行進の観閲、一斉放水のあと、来賓を招いての祝宴を済ませ、消防団各分団から招かれた祝宴に出席し、一カ所十〜二十分刻みで晩まで付き合うのであった。

一月二十六日の文化財防火デーは市内十数個ある国宝をはじめ、重要文化財、史跡など火災予防と警戒の行事……主として消防署が実施するが、座談会やテレビに引っ張り出されることも多い。三月上旬の消防殉職者追悼式と消防記念式典は祭主と主催者として……。

五月には市の防災会議と防災訓練……。この行事は消防局が中心となって、市の各部署を統括しての催し……。

八月十五日の盂蘭盆消防警備は、長崎独自の精霊流しとそれにともなう花火や火災の警戒のため、終了する深夜三時頃まで従事……。

九月初旬に開催する『市民防火の集い』は婦人防火クラブを中心に式典、講演、演芸等、一日を防災意識の高揚と知識の普及と娯楽の催し……。この行事は私が予防主任の時、立案したもので年間行事として定着してしまった。

九月九日は救急の日にちなみ、有名人、有識者の中から「一日司令室長」を委嘱し一一九の受信状況や救急車に同乗して体験してもらう催し……。

十二月下旬の歳末火災予防警戒は、各消防団が実施する夜警の現場を巡視して激励する……。深夜に及ぶことが多くて疲労の連続……。

又、春秋の全国火災予防運動に合わせて実施する行事は立入検査や防火談話、消防訓練等、主に消防署が中心となって行うが、大きな行事は局長も出席する。

この外、毎月実施する幹部会議、二月頃実施する士長、司令補、司令の各昇任試験の面接と合否判定委員会。又六月の消防委員会、十一月の職員採用試験の面接、十二月に実施する表彰審査委員会等等……その都度、行事の種別と内容に応じて頭脳を切り換えて処理しなければならないことの連続であった。

又、市役所関係では、毎月実施される定例部長会議への出席。行政執行に伴う損害賠償や、損失補償など審議する賠償審査委員会への出席。職員の非行などによる、任命権者の分限懲戒審査会議の審議。市民の陳情に対する対応等等……。

更に外部団体である防火協力団体の行事としては、各事業所で構成される自衛消防隊連絡協議会、ガソリンスタンドや油槽所等で構成される危険物安全協会、消防設備業者で構成する消防設備保守協会、婦人防火クラブで構成する婦人防火クラブ連絡協議会、少年消防クラブで構成する少年消防クラブ連絡協議会、これらの団体の総会や会議の外、各種行事の参加……。

その外、消防団では直接関与するものもあれば、顧問や来賓として出席する会合も多々あるのである。

中でも最も重要で細心の注意を要するものが市議会であった。例年、三、六、九、十一月に開催される定例の本会議をはじめ、必要に応じて開かれる臨時議会、又、各種委員会での付託案件の審議など……これらは進行の具合によっては深夜に及ぶこともあった。市議会で学んだことは、まず本会議にしろ委員会にしろ、早く会議の雰囲気を飲み込み、要領を習得すること、そして各議員の性格や癖を知ることであった。何れにしても会期中の議員は神様であること……が罷り通る世界である。

これらの外にも、警察関係、医師関係、旅館、ホテルなどの団体、建築士会、商店連合会等の懇親会なども軽視できない会合であった。

このように局長の仕事のすべてが人との対応であり、又、必ず挨拶が待っていて、言葉遣いや話術など随分勉強になったものである。

例年、春と秋の結婚シーズンともなると、決まって若い職員の結婚式に招待され、新郎側主賓として真っ先に挨拶させられるのであった。或る年には十六回も結婚式に招かれ、一日に二カ所掛け持ちの日が二回もあり、危うく新郎の名前を間違える……経験をしたこともあり、出費多額でうれしい悲鳴を上げたものだ。

こうして二年間の局長職ではあったが、無我夢中での全力投球……幸い局長に在任中職員の中から殉職者や非行者を出すこともなく、大過なく終えられたことは良き部下に恵まれたから……と、感謝している。特に総務部長を務めた坂口敏治氏（のちに消防局長となる）には全幅の信頼を置いて重大な仕事を任せられたこと……そしてそれに見事に応えてくれたことは、私の心の中に深く刻まれている。

平成三年三月三十一日、定年を迎えて応接室で行われた送別会で、私が全職員に最後の挨拶をしている時、不覚にも言葉が詰まり思わず涙ぐんでしまった場面があった。このようなこと、我ながら予期せぬことであったが、やっぱり四十年の苦労が自然と滲み出たのであろうか……。

庁舎前で全職員が整列して拍手で見送る中、私は花束を抱えて最後の局長車に乗り、消防局に別れを告げたのであった。

四十年二カ月二十二日のファイアーマンの終息……。

第二部　終戦前後の満州

1. 家族と居所の変遷

奉天へ

父は、昭和十四年の二月頃、五十五歳の時に、今まで勤めていた大連汽船を辞め、友人の勧めもあって奉天の新たに設立される会社、満州工作機械の食堂部を任されることになり、一足先に一人で奉天に移って行ったのであった。

つまり、高齢となり危険な海上勤務から身を引き陸上の仕事に転職したのだ。

当時、家族は大連で龍田町百十三番地に父以外の六人……つまり母、姉、力、安興、昭、私が住んでいたが、その中の安興兄だけを大連の下宿に残し、後は全員父の待つ奉天へ向かったのであった。昭和十四年春のことである。

奉天では、姉は家事に力兄は奉天二中に、昭兄と私は城京小学校へ転校したのであった。その時、昭兄は五年生、私は三年生であった。

ところが何といっても住居といい学校といい、その所在地が奉天城の東側……大東門のさらに東側大東辺門と小東門の東側、小東辺門という郊外にあって、当時は未だ学校の遠足にも警官が隊列の周りに警備につくほど治安が悪く、こんな状態の中でこの先一体どうなるのか、若い私達の将来に不安がつのるのであった。

しかし、一日も早く慣れようと朝早く起きて、昭兄と二人歩いて約二十分かかる満州工廠という会社の社宅まで行き、そこから十人ばかりの生徒と一緒に、時にはトラックで送ってもらったりしながら通学するのであった。だが、行きは良くても、かえりはバラバラ……。私は昭兄と一緒になるのを待って、歩いて帰るのであった。徒歩で一時間以上はかかったであろうか、遅い時は月明かりの中を帰ったこともあった。

こうして二年経った昭和十六年、昭兄は四月から街中の奉天一中に入学し、バス通学となったのであるが、私は相変わらず一人で城東小学校へ通っていたのであった。この頃も治安状態は変わらず、私達は懐に小さい短刀を持って通学していたのである。こうした通学環境は子供の身にとっては決して良い筈はなく、次第に大連への郷愁もつのり、遂に家族で話し合った結果、姉、昭兄、私の三人は大連に戻ることとなったのであった。

この時力兄はすでに東京高等無線学校に入って上京していたのであった。

再び大連へ

昭和十六年秋、大連に戻った三人は、それまで下宿していた安興兄を加えて、四人で児玉町一番地の水産アパートへ住むことになり、私は日本橋小学校の五年生に転入学、昭兄は奉天一中から大連一中に編入試験のあと転入学することになった。姉は家事の外、母親代わりに学校の手続きや、保護者としての会合等にも出席してくれていたようだ。

年月を経てそれから二年……昭和十八年、私が大連二中に入学する頃、住所が児玉町から入船町に変わり、さらにその年の秋、但馬町へと移ったのであった。

当時、大連ではひどい住宅難だったようで、入船町では杉本という知り合いの家へ、但馬町でも姉の親友の親が住む邸宅へ同居するという状態であった。

この頃、奉天では父の会社も次々と工場や事務所など新しい建物がたてられ、父達も新しい食堂とそれに併設された住居に住み、又、仕事のほうも軌道に乗り、それに合わせて父の手助けとなる気心の知れた人手が必要になったので、国許から父の甥の大典夫婦を呼び寄せ、手伝わせていたのだった。

父が経営する食堂は、五百人くらいの社員や工員の食事を賄うので、五十人ほどの満州人を使っており、父も母も朝は四時頃から、晩は十時過ぎまで忙しく立ち働いていたのであった。

こうして仕事も定着した折を見て、母も子供達の面倒をみるべく大連へ戻ってきたのであった。

但馬町では東京の専門学校を終えて戻り、義昌無線に入社した力兄も加わって、一年ばかりは母子六人で賑やかなひと時を過ごしたのであったが、昭和十九年に力兄が軍隊に入隊した後、翌年一月には姉の結婚話が急にまとまり、牡丹江へと旅立ち、又、四月には安興兄も軍隊へ入隊し、昭兄も新京の大学へ進学し、四人の兄と姉達が次々と離散してしまい、結局、母と私だけが大連に残されたのであった。

母の病気

母と二人の生活は、奉天の父の仕送りを受けながら、私は中学校へ通い、母は家事といった平凡な生活を送っていたが、ある日母が私に、

「ご飯の炊き方やおかずの作り方を教えるからやってみなさい……」

と云うのであった。思えばこの頃から母は体調がすぐれず、家事も思うようにこなせなくなっていたのではなかったろうか……。母は次第に床に臥せることが多くなり、私も家事の仕事が増えてきたのであった。そして、昭和二十年の六月頃、とうとう母は大連病院に入院することとなったのである。

大連病院には内科の病棟に横井、真鍋という二人の看護婦がおり、この二人を頼って母の診察の段取りをしてもらった結果、入院することになったのであった。

この二人は安興兄の知り合いで、兄が学生時代から時々家にも遊びに来ていたのであった。

夏も近づく頃、横井看護婦から、

「主治医の先生からお話があるそうだから、お母さんの見舞いに来た時に寄ってくださ

い」

と云われ、ある日の午後、母を見舞ったあと、看護婦室に寄ってみると、早速医師と連絡を取り、別室に連れて行かれたのであった。

医師と二人きりになって、その医師から聞かされたことは、

「お母さんの病名は肺結核であり、かなり進行しており、あと半年生きられればいいほうだろう」

と告げられた。

思いもよらぬ話に唖然となり、暫くどうしていたか覚えていない……。やがて、横井看護婦に連れられて、看護婦室へ戻ると、当時はもう品不足で珍しくなっていたアイスクリームや牛乳、ビスケットなどの馳走をしてくれたのであった。その時の私の気持ちを察しての持て成しだったようだ。

その後、医師と相談した結果、取り敢えず母を退院させ、家に連れて帰ったのであった。

この時私は数え年十六歳、相談するものも頼る家族一人もいない時であった。

その後、父には手紙で知らせたように思う……。

横井、真鍋の両看護婦も非番の日には我が家に来て、母の看病は勿論、炊事、洗濯などしてくれたのであった。母と二人だけの私にとって、どれほど心強く有り難かったことか……。

そのような或る日、夜中にバターンと異様な音を耳にしてはっと眼ざめ、思わず横の母

の布団に手を伸ばしてみるが感触がないのでもしや！　とトイレの方へ行ってみると、途中の廊下で意識を失って倒れている母を見つけたのであった。明かりをつけ、

「お母さん、お母さん」

と呼んでみるが意識はなく、ともかく寝床にと思って引っ張ってみるものの、私の力では長い廊下をどうすることもできなかったのである。この時、咄嗟に、近くに下宿している安興兄の学友、遠藤さんのことを思い出し、約百メートル離れた彼の下宿に駆けつけ助けを求めたのであった。早速駆けつけてくれた彼は廊下に倒れたままの母を抱え、寝床まで運び医師の手配までしてくれたのであった。

この一部始終を姉の親友の家族……つまり両親と看護婦をしている妹の三人は、物音や気配で察していたであろうけど、全く静寂そのもの、何の反応もなく、勿論助力もしてもらえなかったのである。今まで抱いていた親愛の情も消しとび、無情を痛感したのであった。

終戦と兄の帰還

母の病状に気をつかいながら過ごしていたその夏……日本国民にとって驚異とも言えることが起こったのであった……。それは、八月十五日正午の玉音放送……今まで式典の時は御真影を拝したことしかなかった私達日本国民にとって、天皇陛下のお声を玉音とはい

いながら生で聴くことは思いもよらぬことであった。

母は寝床の上に正座して、私はその横に座ってこの終戦の玉音放送を聴いたのであった。雑音の混じる中、意を解しかねる私ではあったが、母の姿が次第に俯き、やがて布団に突っ伏してしまったのである。

それからの母の病状は快方に向かう筈もなく、毎日が将来の不安に苛まれたのであった。

そんな或る日、玄関の戸が開いて、

「こんにちは」

という声に誰だろう……と思って玄関に出ようとしたところ、床に臥せっていた母がガバッ！　と、とび起き、這うようにして玄関に向かったのである。このところ起居もままならぬ母のこの時の動きに驚いたことを覚えている。玄関では汚れて黒ずんだナッパ服に、その片腕に赤い布を巻きスリッパをはいた男がニヤッ……と白い歯をのぞかせて笑顔を見せながら立っていたのであった。

這うように玄関に出た母が、

「力か！」

と絞るような声で叫んだのを忘れることができない。

そして、これは正に力兄の帰還だったのである。

この時私には誰かよその人が訪れて呼びかけた声と聞こえたのであったが、重病で臥せっている母をも動かすこの現象……親子にしか通じぬ念力……ではなかったか……と思わずにはいられない。

一段落して、力兄には沸かした風呂に入ってもらい、機関車の後に繋がれた石炭車に紛れ込んだため、すっかり煤にまみれた汚れを落としてもらったのであった。

二〜三日して母が力兄と話していたことを聞き、私は強いショックを受けたのであった。それは母がいつも枕の下に保管していた現金が、あと三百円しか残っていなかったこと。この金もあと一カ月ほどでなくなってしまうこと、又唯一の送金元である父からも終戦の混乱の中、送金が期待できないこと等で、絶望視しており、

「その時は、私と一緒に死ぬ覚悟だった」

と云うのである。そういえば、私が食事を作るために買い物の金を貰う時、枕元から母が金を取り出して差し出す時の淋しそうな表情が思い出され、そうだったのか……と改めて思い起こすのであった。

それから十日ほど経った頃であったろうか、今度は、

「只今！」

と昭兄が新京から戻ってきたのであった。終戦直後、日本人の消息など全く分からない中、二人までもが相次いで無事帰還し得たことを、目出度いと喜ばれずにはいられないことであり、母の喜びもひとしおであった。

幸い力兄は入隊前の義昌無線に復職することができ、経済的にも一応安心することができたし、何よりも死期の近づいた母を私一人でなく、二人の兄が加わって看病できること

への安堵感を味わったのであった。

母の死と姉の帰還

外地での敗戦は日本人にとって全く辛いことの連続であった。ソ連軍や会戦中だった中国の国民政府軍や中国共産党軍の相次ぐ進駐……そのたびに繰り広げられる掠奪や暴行など……。これらの行為がさらに現地中国人をも煽りたて、暴徒化した集団の暴挙はひどいものであった。そして当然のことながら、これらに対する自衛策も考えなければならなかった。

そこで、手っ取り早い話が、ソ連軍に接収された力兄の会社の社宅に入居することが一番安全ではないか……との結論に達し、早速移ることになったのであった。

この社宅は会社事務棟の三～四階にあり、一階の出入り口には武装したソ連兵が立哨しており、また、社宅への階段の上り口には頑丈な鉄の扉が設けられ、出入りの際の施錠のチェックは入居者が当番制でやることになっており、万全なものであった。

やがて、徐々にではあったが世情もようやく治まってきた師走の珍しく暖かい日であった。

母が足音も軽やかに私達の部屋へやって来て、「今日は気分が良いので、漬物を漬けてあげる」

と云って取りかかるのであった。

母は漬物が得意で母の漬物の旨さは子供心ながら覚えている。久しぶりに旨い漬物が食べられるかと期待しつつも、大丈夫か、無理しないだろうかと眺めていたのであった。

その日、夕食を済ませたあと、力兄は三階の先輩の部屋へ遊びに行き、昭兄は別室で炊事の後片付けをしており、母の部屋では私がベッドの傍らに座って、母の話し相手をしていたのであった。暫く話をしていると、急に母が咳き込みだしたので、背中をさすっていると、母は口から血を吐きだしたのであった。今まで何度かこういうことはあったので、急いで洗面器をあてがい、背中をさすっていたのであるが、何時もと違う大量の喀血にこれは大変と昭兄を呼びに走り、その足で三階に行っている力兄も呼びに走ったのであった。

力兄と母の許に走ってみると、昭兄が介護する中、母は息も絶え絶えであった。そう云えば医師が、

「今度喀血する時は要注意だ」

と云っていたことを思い出したのであるが、如何せん……駆けつけてくれた社宅の社員が医者の手配をしてくれて、間もなく医者が来られた時にはすでに遅く、母は息絶えていたのであった。

天気も良く師走というのに暖かい日で気分も良い……と懐かしい漬物つけまでして見せてくれたのに……その急変と死……何と皮肉な運命であろうか。兄弟三人為すすべもなく

悲嘆にくれたのであった。昭和二十年十二月十二日夜、母五十一歳……。

混乱の時代ではあったが、翌々日、終戦後にもかかわらず従来とあまり変わらぬ葬式ができたのは不幸中の幸いであった。

父母の旧知の人々、兄の会社の人達等、大勢の人々が参列し社宅の下で送り出してくれたのであった。

ただ、当時、不安な世情を反映して、火葬場へ向かう葬列まで襲い、お棺まで暴いて強奪する暴徒達がいるという噂を聞いていたので、火葬場までは私達兄弟三人の外、若い社員数人の応援を受け、握り飯の弁当と水筒を持ち手に手に木刀まで持って、大八車に乗せた棺を引っ張って、赤道街という郊外の火葬場へ向かったのであった。

幸い途中、噂のようなことは起こらなかったが、所々で我々一行を見つめる現地人の姿は不気味であった。

約三時間を要して火葬も終わったのであるが、骨を拾う時、つねづね母が話していた、

「私は入れ歯に金歯が多いので、死んだ時は金歯を拾って骨と一緒に入れておきなさい」

との言葉を思い出し、兄弟で拾ったのであった。

その後、暫く私達はただぼんやりと過ごす日々であった。

奉天の父にも早く母の死を知らせたいのだが、当時、郵便も電話も不通で、他に手段もなく、時期を待つ以外なかったのであった。

明日は初七日という日の午後、社宅入り口の扉のブザーが鳴り、その日当番だった我が

家から昭兄が扉をあけに下って行ったのであるが、その来訪者がなんと、牡丹江へ嫁いで行った姉のスミエであった。

暴徒から身を守るために頭を男のように坊主刈りにして、顔は煤を塗って汚し、ねんねこの下には生まれたばかりの民世を背負い、同じような風態をした女性を連れて戻ってきたのであった。

姉は八月九日、ソ連が日ソ不可侵条約を破って満州に攻め込んできた時までは、入隊した亭主の留守を守り、牡丹江でお寺を維持してきたのであるが、戦争がはじまると同時に、当時お腹の大きかった身で、お手伝いさんに助けられながら大連を目指して避難を始めたらしい。

このお手伝いさんは、四国の出身で佐藤美子という二十二歳の人であった。

二人は無蓋の貨車に揺られたり一日に十里近くも歩いたり……という避難行程で十一月の末頃、新京のお寺で民世を出産し、ゆっくり静養する間もなく再び避難の途についたということであった。

母が、

「スミエはお産が近い筈だが何処でどうしているだろうか……」

と死ぬまで心配し続けていたのであったが、もう一週間早かったならば、と姉と共に又々運命の皮肉さに涙したのであった。

父への報告の旅

終戦の年が明け、力兄も会社の仕事に戻り、昭兄は屋台のようなものを作って、昔、家に下宿したことのある藤井と云う人と、飲食の商売や衣類の立ち売りをするようになり、私は学校に行ったり行かなかったりの毎日が続いていた。

その頃「奉天の父が従来の会社用の住居から、街中の社宅へ移り住んでいる」という情報が入ったのである。街中ならばあの危険を孕んだ奉天城内を通ることもないし、何とか父に母の死を知らせねば、という思いと、父も奉天に一人で不安な日を送るよりも大連へ連れて帰り、家族と一緒に暮らしたほうがいいのではないか、と兄弟で協議を重ね、その結果「誰かが奉天に行くしかない」という結論に達したのであった。

そこで、何時誰が行くか……ということになったが、当時の不安定な情勢から、余り狙いの対象とされない子供っぽい人間のほうがよいということで、私が行くことに決まったのである。

そして、時期であるが、中国の正月、つまり旧正月であれば軍も警察も暴徒も気を緩めるだろう……という考えから、この時期を選ぶことにしたのであった。

さて、費用であるが、兄弟が準備してくれた金に幾らかでも足しにしようと、家にあった箱入りの注射液のアンプルを、私の級友の父が近くで開業していた産婦人科の病院へ持って行き、買ってもらったのである。私には何の薬かも分からないアンプルであったが、事情を説明すると、快く買ってくれたのであった。有り難い温情に厚顔を恥じたひとときであった。

二月に入り寒さも厳しい旧正月の朝、私は姉、兄弟に送られて大連駅を出発したのであった。当時、汽車で旅行中、何人もの日本人が何処其処の駅で降ろされ、連れ去られたり、掠奪暴行を受けることが多く、私も何時そういう事態に遭遇するかも分らなかったので、中学生らしく学生服の学帽をかぶり、リュックを背負っての旅立ちであった。

深夜になってヤット奉天に到着したものの、夜間の外出は禁止されていたため、仕方なく、駅前の中国人が泊まる安宿に泊まったのであった。

煉瓦造りの三階建ての建物であったが、前金で宿代を払わされ、薄暗い部屋に二段に作られた寝床に、何人かの中国人同宿者と一緒にアンペラが敷かれた上に薄い布団を敷き、その上にこれまた薄い掛け布団を被って眠りについたのであるが、寒さと空腹で暫くは寝付かれなかった。

およそ五年ぶりの父との再会……父は私の顔を見て驚いた様子であったが、母の死のこと、力、昭兄と姉と民世が無事大連に戻ったことなどを伝えると、悲しみの中にも安心した様子であった。ただ、私が父へ報告する時から、黒い大きな蝶が一羽何処から来たのか室内を舞っており、冬のさなかの神秘的象徴として脳裏に焼き付いている……この時ずっと父と同居していた大典の嫁、千枝さんが、

「きっと、お母さんの魂が来ているのよ」

と云っていたことを思い出す。その後、父は千枝さんに食事を作らせ、暖かい暖房の中

で私に数々の御馳走を食べさせてくれたのであった。

満腹の上に父への役目を果たせた安堵感から、私は心身ともに暖まり暫しの眠りに就いたのであった。

ところで、兄弟と協議した「父を大連に連れ帰ること」については、大典夫婦も一緒であること、奉天からは間もなく引揚が始まること、そして何よりも重要なことは、父が親しくしていた現地中国人実業家に多額の金を融通しており、その返金を待っていること等の理由で「引揚が始まるまでは、奉天に泊まって頑張る」……と云うのであった。

この時、父は大典夫婦と街頭で煙草の立ち売りをして生計を立てていたようだった。

さて、こういう結果になっては、私は又一人で大連に戻るしかない……そこで再び危険の少ない旧正月が終わらぬ間に汽車に乗る外ないと考え、翌日の汽車で大連へ戻ることにしたのであった。

父は私に持たせるために手に入れた食料品をリュックにいっぱい詰め、大きなガラス瓶に百円札を何枚も折りたたんでは押し込み、上から化学調味料をいっぱい詰め込んでカムフラージュし、かなりの額の金を持たせたのであった。そして再び朝の早い大連行きの汽車に乗ったのである。往路同様多少の危険はあったものの、この日の夜無事大連に帰り着き、早速兄達に父の様子と話の結果を伝えたのであった。旧正月を利用しての冒険旅行……無事に成功し、父の持たせてくれた食料やお金が、その後の生計に役立ったことはいうまでもない。

売り食いの生活

それから半年くらいは何とか食いつないでいたものの、やはり、力兄以外は定職のない家庭の日々は不安で、引揚が始まるまでに何とか売り食いでもして繋いでいくしかないと決心したのであった。しかし、売るものとしては衣類が大部分で、家具などは余程のものでない限り売れず、又そんなものは大連の我が家には皆無に等しかった。

力兄は会社勤めだったので、昭兄と私が繁華街に行き、人通りの多い街頭で両手を広げて、両腕に衣類をぶら下げて通行人に呼び掛けるのである。

街頭の彼方此方で立ち売りをしているのは皆日本人ばかりで、中には品物をかっぱられたり、金銭を誤魔化されたりして泣き寝入りする日本人も多くいたようだった。この売り食いもどれだけ続いたであろうか……やがて売るものもなくなり、今度は昭兄が簡単な屋台らしきものを作って、昔我が家に下宿したことのある藤井氏と共同で粟飯のカレーや、サツマイモで作ったスイートポテト等を売る水商売を始めたのであった。しかしこれもそう長くは続かなかったようだ。

私の発病

秋の気配を感じる九月のある夜のこと……その日は昭兄が簡易屋台で売るべく、姉と作ったスイートポテトが売れ残り、晩の食事の時、私もそれを食べたのであった。小さい時からスイートポテトはケーキ屋でもシュークリームと並んで高く売られ、私達は好んで買っては食べていて、この晩もずいぶん食べたのであった。夜九時頃、急に立ち上がろうとした時、下腹が急に痛くなり、それからずっとその痛みが続き、それがますます激しくなって、じっと寝ていられないようになり、転げまわるような苦しさになったのであった。

その頃占領下の大連では、午後九時から朝六時までは一般人は外出禁止で、違反して外出しようものなら、即座に撃ち殺されるご時世で、医者も同様……呼ぶに呼ばれず一晩中苦しんだのであった。

翌朝六時になるのを待って近くの医者に往診してもらったが、苦しさに転げまわって医者もとりあえず痛み止めにモルヒネを打ってくれ、

「外科医に診てもらいなさい」

と、紹介してくれたのであった。この時「すぐ効くから」と打ってくれたモルヒネであったが、効果なく、医者がもう一本、頭をかしげながら打ってくれたのであった。

それから早速紹介された外科医院に駆けつけ診てもらったところ、右下腹部が硬く腫れており、

「よくわからないので、大連病院に行きなさい」

と云うのである。又々車で大連病院へ駆けつけ、診てもらったところ、ただちに手術ということになったのであった。

二本打ってもらったモルヒネが効きだし、正に天に昇った心地とはこのことか……雲の上をユックリ飛ぶように舞っている幻影が続き、実に良い気持ちだったのを覚えている。しかし、兄達の言葉を聞くと、この時の私は「椅子にもたれかかっていたものの、顔は上を向き、顔色は真青で大きく口をあけてヨダレをたらし、生きた人間の面相ではなかった」らしい。

手術の結果は、腸が重なった結果の腸閉塞で開腹して腸を引っ張りだし、重なり合っていた腸を元に戻し、再び腹中に収めたということで、あと半日遅かったら命はなかったらしい、この時序に盲腸を切り取ってくれたということであった。

その晩、喉が渇きバケツ一杯の水を飲む夢を見たのを覚えている。

その後、順調に回復し、半月後に退院したのであった。

この時の入院、治療費は、後で兄弟に聞いたことであるが、「母の骨壺をあけ、火葬の時拾っていた金歯を売って、その代金で支払った」と云うことであった。

生前、母が云っていたことが、私の体で実現され、助けられたことと、亡き母に感謝したのであった。

力兄の発病

秋も終わり、冬の気配を感じる頃、今度は力兄が病気になったのである。

義昌無線では毎夜社員が交代で会社に当直していたようであるが、その日の当直者に云われるままに、日本人の難民を会社に泊めてやったらしい。その難民が病原たるシラミを残して去ったのが原因らしく、その後、当直した社員が次々と発疹チフスにかかったのである。力兄もその一人でこの時罹病した社員の何人かは不幸にも死亡したのであった。

当時、大連には姉と同様北満から大連を目指して大勢の日本人が集団で避難してきており、避難所にあてられた学校等では発疹チフスが大流行し、連日死者が相次ぐといった状況であった。

力兄も当直のあとから発熱し、四十度の熱が下がらず、診断の結果、早速隔離されることとなったのである。

当時としては仕方なかったのかもしれないが、大八車に木製のかまぼこ型の覆いをかぶせた、まるでお棺のようなその中に、力兄は寝かされ、これを引っ張って八幡町方面の隔離施設に行ったのを覚えているが、その時理由は分からないが、暫く待たされた挙句、今度は大連運動場に近い「赤十字病院へ行け」という指示で、長い道のりをこれまた大八車を引いて向かったのであった。入院は隔離病棟の一人部屋へ収容されたのであるが、診察した医師は、

「今夜が峠だ、少々暴れるかもしれないが、しっかり見ていなさい」

と云われ、兄はベッドへ括りつけられたのであった。

その夜、昭兄と私で付き添ったが、力兄は暴れはしなかったが、高熱は下がらず、うわ

ごとや歌を唄いながら壁を叩いているのを見ると、遂に狂ってしまったか……と頭が真っ白になってしまった。

その後も病状は一進一退であったが、何とか峠を越えることができたようであった。一週間ほど経って「神我を見捨てたまわず」だったのか、奇跡的に熱が下がり始めると同時に正気を取り戻したのであった。

若さと体力があったからこそ乗り越えることができたのであろうけど、大黒柱だった力兄に万一のことがあったら、その後、我々はどうなっていたであろうか……。私の病といいこの時の力兄の病気といい、一年前に亡くなった母がきっと見護ってくれたに違いないとの思いを深くするのであった。

おわりに

六十五歳を過ぎるころから頻りに昔日を偲ぶことが多くなり、大連時代の小学生や中学生、またまた消防在職中に触れ合った消防大学校の同期生や長崎消防の先輩や同僚達が、ひどく懐かしく思われるようになってきたのは何故だろうか。考えてみれば、母が存命だった五十年は私もとっくに超え、父の七十七年に迫ろうとしている……。

今、働くことから離れ、曲がりなりにも平穏な毎日を送れることの幸せ……この機会に思い出すままに自ら歩んだその一端を……と思いペンをとったのである。

まだまだ幼い日のこと、大連や奉天で遊んだ山や川や海のこと、裸一貫で引き揚げて職を得、世帯を持ち、家を建てたこと。子供達も一応大学を卒業、独立させることができたこと等、苦楽いっぱいの思い出もあるが、それらは、これからの心と体の状態に応じて加えていこうと思っている。

いずれにしても、こうして記すごとに思いを新たにすることは、私の周りの人々のあたたかい力添えがあったればこそと、感謝せずにはいられない。

今、小学校、中学校の同窓会、消防大学校の同期生会、長崎消防のＯＢ会等の会合や小旅行を唯一の楽しみに生きている。そして、残念ながら毎年これらの中から訃報を耳にする度に、一抹の淋しさを禁じえないこの頃である。

おわり

平成十一年八月三日

源　幸之助

追　記

叙勲受章について

平成十三年三月十八日、山口元消防局長から電話があり、私が叙勲受章の候補に挙がっているらしい……との話があった。

昨年の秋、大先輩である馬場元消防局長が勲四等瑞宝章を受章し、又山口氏も同位の受章が内定したばかりのことであり、この両氏の場合は、キャリア実績とも十分なので誰しもが当然のことと思っていたが、私となるとまだまだ……。佐世保に豊本。信水、池田という先輩諸氏がおられることでもあり、何かの間違いだろうとその時は気にも留めなかった。ところが、同月二十二日、坂口消防局長からも電話があり、消防庁から県を通じて私の叙勲の内申をするようにと連絡があり、内申を済ませたということであった。

四日前、山口氏から話があったことが間違いでなく実現に向かっていることを知り、坂口局長との対話の中で思わず「青天の霹靂」と呟いてしまった。

今頃の上申であれば、受章は秋、十一月だろう……このあと目出度く受章された山口氏の体験を参考に準備にかかったのであった。

まず、受章のための上京には当然のことながら、妻ヨシミと同伴することとし、ヨシミが当日着る色留袖や袋帯等と、旅装の洋服を縫うため生地や靴などを購入したのであった。

ところが、九月二十五日、坂口局長から再び電話があり、

「誠に申し上げにくいが……」

と前置きのあと、

「先に上申した書類を再度上申しなおすように……と県から連絡があった」

とのこと……つまり、秋の受章予定が先送りされたということだった。

この日、私はモーニングを借りる貸衣装店を下見してきたところだったので、ショックは大きかった。

先送りされた理由は、後日推察されたことではあるが、長く消防団長を務めた吉原源次氏が、彼が私よりも年長であったことから先に受章の対象となったらしい。彼は長年市会議員を務めていたので本来は自治功労で上申するところであったが、急遽消防功労に変えられたのであった。私はそれ以来始めていた準備を止めてしまった。

年が明け、平成十四年三月二十七日の夜、消防局総務課庶務係の芝原君からも電話があり、

「おめでとうございます、このたび春の叙勲で勲四等瑞宝章を受章されることが内定しました」

と連絡があった。先の連絡から半年後のこと……。それから本格的な準備にかかり、先ず旅行代理店に行き、二人分の東京までの往復の航空券とホテルでの宿泊の予約を済ませ、諏訪街の貸衣装店で私が着用するモーニング一式を借り、ホテル気付で送ってもらう段取りを済ませたのである。

四月二十九日、平成十四年春の叙勲受章者の公式発表があり、その名簿が新聞テレビなどで知らされた。早速私の受章を知った友人知人などから、お祝いの電話や電報などが届けられた。

一方、何れ受章祝賀会をやらなければならないと思っていたので、一年前山口氏が開催したホテルに行き同程度の内容で実施すべく打ち合わせ、日付を決めたのであった。

他方、褒章や叙勲受章者を対象に営業している業者からは売り込み攻勢が激しくなり、その一社、多良見町の印刷店に先ず受章の挨拶状と祝賀会の案内状の印刷を依頼した。

又、受章の前後は三日ほど家を空けることになるので、その間犬猫の世話をする留守番が必要なので、ヨシミが福岡の姉幸代さんにきてもらうようお願いし、快諾を得て五月六日、来てくれたのである。これで安心して上京できる態勢が整ったのであった。

五月八日、朝十時半自宅を出て十三時三十分発の羽田行き飛行機に乗り、十五時過ぎに羽田到着、ホテルには十七時頃到着したのであった。

ホテルはさすが日本の一流のホテルらしく、従業員の接客態度もよく、客も半数くらいは外国人だった。

翌五月九日、午前十時半から日消ホールで消防庁局長から勲記勲章の伝達式があった。私はモーニングコート、ヨシミは色留袖を着て晴れがましくも式典に臨んだのである。午後からは勲章を佩用し、バスで皇居に向かい、豊明殿で天皇陛下に拝謁、お言葉を賜ったのである。この時約三メートルの距離で陛下のお姿に接することができたことは、一生の思い出となった。この後、記念品のご下賜があり、また、記念撮影があって再びバスで東京駅近くまで行き解散となった。

その晩、横浜の姉をホテルに招待し、一緒に祝いの食事をして、姉も予約していた隣の部屋に泊まってもらったのである。

翌十日、十時半にホテルをチェックアウトし、タクシーで東京駅へ向かい、八重洲地下街で買い物と昼食をとったあと、電車に乗り羽田へ。姉はそのまま横浜へ帰って行った。

私とヨシミは十五時五十五分羽田発の飛行機で長崎へ飛び十九時頃帰宅した。家では幸代さんがペット達の世話をしながら留守番をしてくれていた。

さて、次に取り掛かったのは祝賀会のことであった。まず、出来上がった案内状を送るべく、芝原君に頼んでいた消防職員の係長以上の名簿と消防OBや親しい知人、友人達のあて名書きを始めたのである。総勢百五十名ばかり……。これには琴海の安興兄が加勢を申し出られ、義姉が半分の宛名を書いてくれた。こうして出来上がった案内状は五月二十日に発送したのであった。

六月五日、出欠の回答は百人近い人達から出席の回答をいただいた。私は、多くて半数とみていたので予想外の人数に驚き、かつ感激した。

六月十四日祝賀会の日……午後六時からホテル一階の大広間が会場となった。私とヨシミは午後四時頃ホテルに行き、ホテルの宴会係責任者と最後の打ち合わせをし、司会をしてくれる消防局の福本係長又、受付を担当してくれる芝原、前田、本田君達を労い、二階の控室で待機したのであった。この日、兄達は矢上から力兄、琴海から安興兄夫婦、と隣の昭兄が出席してくれた。午後六時から開会。伊藤一長市長がお祝いの言葉をのべられた。私達夫婦は壇上の舞台に二人並んで腰かけていたが、この時は起立して拝聴した。続いて吉原消防局長の祝辞が続き、その後私がお礼の言葉をのべ、宮川元助役の乾杯の音頭で宴会となった。私達は百人近い参会者に飲み物を注いで回ったのである。宴も酣の時、力兄が一言お礼の挨拶をしたいというので司会の福本君に紹介してもらい、力兄が短いながらも立派な挨拶をしてくれた。幾つになっても兄は兄だ……。こうして午後八時半湯川前助役の万歳三唱でめでたく祝賀会は終わったのである。参会者にはそれぞれ心ばかりの引き出物を持ち帰っていただいた。

受章に関して全てのことが終わった時、私はそれまで受章の喜びをそれほど感じなかったのが日が経つにつれ、徐々にその重みを感じるようになった。父の故郷、沖永良部島に親族の中で唯一生存している美枝叔母が、『源家の栄誉』と云って喜んでくれたこと……亡き父母もきっと喜んで祝福してくれたことと思う。

それにしてもこの受章は私一人の功績ではなく、私を導いてくれた消防の先輩、手助けをしてくれた同僚や、後輩といった人々の尽力によるところが大きいことを忘れてはならない。

その証として、退職後十一年経った祝賀会でも、百名近いこれらの人々が出席し祝ってくれたのだ。

どこの会社が十一年前に退職した者をこのように接してくれるだろうか。

長崎消防よ、永遠に栄えあれ！

平成十五年　吉日

家族の手記

源　温の思い出

①満州にて。
　源家のおばあちゃん（カンセイじいちゃんの奥様）が、病気で、あまり食べれなくなっていた時、ある夕飯で、チリ鍋をしたら、「おいしい、おいしい」と、言って、うれしそうに食べたとのこと。しかし、その夜に亡くなり、翌日、大八車にのせて火葬場までいった話を、何度も聞きました。長崎に引き揚げてきた父と兄弟四人の家では、チリ鍋しか食べた記憶がないのは、その日のチリ鍋に強烈な思い出があったと思われます。
②安興おじさんは、戦後、シベリアに抑留されていて、無事に生きて帰って、来られましたが、胃腸が強かったから生き残れたと聞きました。
　またあまりの空腹のため、命の危険をおかして、パン工場にしのび込み、しのいだ話もききました。
③昭さん（父）が、引き揚げの途中で、ハルビンか、新京の駅で、中国人にかこまれ、

持っていたピストルを天井に一発撃ち、中国人がひるんだスキに、走って逃げて、難をのがれたことが、メモに残っています。

④引き揚げてきてから、昭さんと、幸之助さんが家計を助けるために、日見という所から三菱《ミツビシ》に、期間工で、働きに行っていた時のこと、時計がない為、となりのニワトリの鳴き声が目覚ましの合図だったが、ある朝、まだ暗いと思いながらも、カンセイじいちゃんに起こされて、大波止に向かったが、二時間位またされた話をよく聞かされました。

⑤満州にいてまだ平和だった頃、一番上の姉のスミエおばさんだけ、男の子供達の数倍のお年玉だった話をよく聞きました。

敗戦　そして……

昭和二十年八月、私は十七歳、満州の新京（現　長春）の学生寮にいた。

八月九日、ソ連軍は攻撃してきた。私達は、学生隊として軍隊と行動をともにすることになった。「二日ほどでソ連の戦車が来るから、最後の手紙を書け」と言われた。

八月十五日、皆で玉音放送を聴いた。「なんとなく、これから自由になるんだ」という思いがした。日本人にとっては、これから無警察状態になることも意識せずに。

学校は廃校になった。

軍隊から別れた私は、交通・通信等すべてが混乱している中で、大連の我が家へ帰るべく、様子をうかがっていた。

二～三日して、ソ連の戦車が続々とやってきた。各地で暴行、掠奪が始まった。ソ連兵が発する「ダバイ、ダバイ」は今でも忘れられない。

ある日、小学校の運動場近くにくると、異様な臭いがしてきた。紫色にはれ上がった日本人の死体が、ずらっと横たわっていた。

交通事情もやや安定してきたようなので、大連へ帰ることにした。ヒゲをのばし、ぼろ服を着て、ボストンバッグには、洗濯ものを詰め込んだ。何時でも取られていいように。百円札は、フンドシに巻き付け、ポケットにはジャックナイフを入れた。

駅のプラットホームは、中国人でいっぱいだった。ふと気がつくと、私は、多くの中国人に囲まれていた。いきなり後方からボストンバッグを盗られた。手は、釘を打ったコン棒でたたかれた。囲みは、ジワリジワリと縮まってきた。囲みは、更に縮まってきた。私は、生命の危機を感じ、ジャックナイフを取りだし、「きてみろ」と叫びながら、僅かに開いた囲みを突き抜けて逃れることができた。

二～三日して、私は、プラットホームの外れの草むらにいた。列車が速度を落として入ってくる時、走りながら飛び乗った。ソ連兵の自動小銃の音が聞こえた。列車は発車した。周りは、座席も通路も中国人でいっぱいだった。なぜなのか分からない。しばらくして、ソ連兵に財布をとられた。ほっぺたをたたかれた。「ダバイ、ダバイ」

やっと大連の我が家へたどり着いた時、病で寝ていた母が、壁づたいに玄関へでてきた。涙をいっぱい流しながら。

当時、父、姉、次兄は行方不明、軍隊から逃げ帰った長兄と弟、そして母と私の暮らしが始まった。衣料の売り食いの中で、母には白米、私達は安いコウリャンを食べていた。

昭和二十年十二月十二日、母は、内地に帰りたいと言いながら他界した。治安は不十分で、私達はボロ服、母の棺は大八車にしばりつけ、兄弟で焼場へ向かった。長い時間をかけて、母は骨になった。

初七日の前日、北満に嫁いでいた姉が帰ってきた。避難の途中で産んだ赤ちゃんを背負って。（母にとっては初孫であった）母の骨の前で、姉は初めて「かぶりもの」をはずした。丸坊主だった。

昭和二十年十二月、暮れの思い出。

当時　満十七歳。

源　昭

安興さんの手記（娘（恵美子）がタイプしたもの）

私は現在（平成元年）六十四歳満州の大連で生まれ育った戦中派の一人である。

私が戦争というものを認識し始めたのは小学校の五、六年からである。

当時私達のクラス担任の先生は毎週一時間日露戦争の桜井忠温の「肉弾」という本を読んでくださった。そして学校の遠足では、激戦の後の旅順の二〇三高地や東鶏冠山等を見学し、記念館では、生々しい血だらけの軍服やヒン曲がったラッパとか銃創等を見て、肉弾戦のすさまじさをまざまざと思いしらされたのである。

先生は戦争の是非等については一言も言及されなかったが、「戦争など絶対にいやだ」と自分の身におきかえて考えたのは当然であろう。

このことは今でも強い印象として心の底に残っている。


中学では、体操は無論だが武道（剣道か柔道）、と教練（軍隊の基礎訓練）があり、年に一度は、軍から査察官が来て、学校中がピリピリ緊張した状態で教練の査閲が行われた。私共の頃には、制服は黒の詰襟からカーキ色の教練服に変わっており、次第に軍国調

に覆われていった。四年から五年の時であったが、「国体の本義」という教科書があり、国語の先生が講義に入るに先立って、

「君達が今習っている日本の歴史には真実ではないところがある。君達は邪馬台国という国の名を知らないと思うが、……」

とのことで、非常に驚き話に聴き入ったことがある。このことが脳裏に焼き付いていてはなれず、戦後仕事や生活が一段落してから日本の歴史（中央文庫二十五巻）を読み直すことになる。


（昭和十二年七月、盧溝橋の銃声から日支事変は始まり、戦いは次第に泥沼の様相を呈し、長期戦に必要な物資を得るために南方への進出が始まるとともに、米国英国との関係も悪化の一途をたどり、十六年十二月八日には太平洋戦争へ突入する。海将山本五十六の言葉通り序戦は華々しい戦果をあげたが、物量、国力の差は如何ともし難く玉砕に次ぐ玉砕が始まる）


昭和二十年四月私は南満高専を卒業して間もなく、満州の奉天（現シンヨウ）の南にあった飛行場大隊に現役兵として入隊した。まず言われたのは、

「お前達は明日から十日間、徹底した戦闘訓練を受ける。実戦のつもりでやれ。その後のことは又後で伝える」

ということで翌日から始まった訓練は、学校教練等からはかけ離れた、異常という以外にはないほどひどいものであった。教官はア号作戦の一部だと言ったので、ああ、南方の島での玉砕要員の訓練だなと思った。

朝五時から夜九時まで食事の数分間を除いては腰を下ろす暇もなく、その上真夜中はつかれてワタのように眠っているところを非常召集がかけられ、夜間の歩行訓練と称して暗闇の野原を歩きまわった。一週間もすると倒れる者が出始めて来、やっと少しは手加減をするようになったが、小便は血のように赤く少量出るだけで、軍服も匍匐や銃剣術等でボロボロとなり、敗残兵そのものの様相となった。

やっと一年とも思えた十日間の訓練が終わると、何と赤飯とご馳走と酒が出、服も中古ではあったたか全部取り換えてくれ、家に便りを書けとのことである。予測はしていたが、もう疑う余地はない。南方での最期の日は目前に迫っていることを悟った。その後、何もない日が三日続いた。

そして教官は明日から又二十日間の演習だと我々に告げた。二十日間だけは生き延びたのだと思った。しかし、ひどい訓練は再開された。飛行場の周囲を武装したまま駆け足をする。鉄帽はガクンガクンと頭の上で踊り、重い三十八式歩兵銃はドスンドスンと肩を打つ。四千メートルも走りもうやめる頃だと思う頃、「ガス！」と伍長が怒鳴ると走りながら急いでガスマスクを付ける。ただでさえ息が切れているのに、マスクの為呼吸は何倍も困難となる。二百メートルも行かぬ中にマスクの中には汗がたまり出し、チャップンチャ

ンプンと跳ね上がる。苦しいので顎に手をかけマスクの水を抜く。途端に後ろから見張っている兵長が、

「コラッ、お前はもうガスで戦死だ！」

と怒鳴りながら棒で殴りつける。そのうち、一人、また一人と倒れだす。それでやっと大休止となる。

私は実戦のほうがマシだと本当に思っていた。草イキレの中で寝転がっている時、上空を次から次へと戦闘機隊が南へ飛んでゆく。教官はいつもと違う顔で、

「あれは皆特攻隊だ」

と教えてくれた。私はその時、ああ、この男も私達と共に南へ行くのだなと思った。

私は幹部候補生であった。このため何かにつけて幹候のクセにとばかり徹底的に痛めつけられた。苦しい一日の訓練が終わると、急いでゲートルを巻き取り数名の者は班長とか兵長の所にかけより、

「脚絆を取らせていただきます」

と世話をする。というよりゴマをするのである。私はこれが嫌なのでノロノロと自分のゲートルを巻き取っていた。するとある日兵長は、

「脚絆を速く巻き取ったものから順に並べ。遅い方から五名は飛行場一周だ」

という。これは大変だとばかりに急いで巻き取り一番目に並ぶ。すると今度は、

「今巻いた脚絆を手りゅう弾のつもりで投擲せよ。手前に落ちたものから五名は飛行場一

周だ」

そこで何も考えずに力一杯投げる。脚絆は空中でほどけて落ちる。兵長はそこで皆に向かって言う。

「こいつは幹候のくせに要領ばかり使いやがる。きちんとカタク巻かんからほどけるのだ！」

そして殴られるのだ。彼は前の晩この手を考え付いたのに違いない！

明治の頃作られた軍隊は立派な集団だったのだろうが、終戦近くの軍隊は腐っていた。十年兵、十二年兵等の古参兵は初年兵をいじめ、なぶりものにして軍隊から解放されないことへの鬱憤を晴らしていた。「自転車競走」とか「ウグイスの谷ワタリ」等では恥を捨て去ることを覚え、「一時間の急降下爆撃」ではしまいに横腹の筋肉が攣り、呼吸が止まるかと思うほど七転八倒の苦しさを味わった。

将校達がこの実情を知らぬ筈はないが、見て見ぬふりをしていた。こんな馬鹿げた世界からも逃れる術はなかった。自殺か逃亡かそれがいやなら絶対服従があるのみだ。

二十年八月七日関東軍が南方戦線に移動して、空き家同然のソ満国境に戦車を先頭にソ連軍がなだれのように進撃してきた。私が属していた飛行場からも次々と戦闘機が出撃していった。私達新兵の仕事は専ら爆薬燃料の運搬であった。飛行場から一キロ程北の小高い山中の壕からドラム缶燃料を転がしてゆくのだが、ほとんど寝る間はなかった。曲がり角でハッと気が付くと眠りながら転がしていた自分に気が付く。飛行場には弾痕だらけの戦闘機が帰ってくる。負傷した操縦士が担ぎ出される。悪夢のような一週間はアッという間もなくすぎ、玉音放送があって終戦を知る。

その後はソ連軍の武装解除を受けシベリアでの二年間の俘虜生活を経て、昭和二十二年五月やっと祖国の土をふむことができた。

私はガダルカナルやビルマのような、ひどい経験はしないで済んだことだけは幸運であった。しかし、幾多の戦場で若くして散った尊い英霊や内地にいながらも爆撃や戦いに巻き込まれ、肉親や家を失った数え切れぬ犠牲者の方々を思う時、何とも言い難い虚しさと憤りを感ぜざるを得ないのである。

シベリア抑留生活について
私（恵美子）が父安興（幸之助の兄で源家の次男）から聞いた話

○シベリアに向かう列車に乗せられた時、誰一人走る列車の中で、話をするものはいなかったということでした。
（これからの不安と絶望に打ちひしがれていた）
○父が抑留された収容所はヂマという所にあったということです。ヂマは（寒い）という意味だそうで寒い時は零下四十度にもなったという。零下十五度くらいだと暖かいと感じるほどで、そのくらいの気温になると服を脱いで、服にびっしりついているシラミ取りをしていたそうです。
○与えられた食べ物は量も少なく豆？　のようなもので消化器の弱い人は腹を下して栄養を吸収できず、食べることもできず弱っていったそうです。
○夏には栄養が足りないので、タンポポの葉っぱを配給されるお湯につけてふやかして食べていたそうです。いつもお腹を空かせており、命がけでパン工場にパンを盗みに行ったこともあったらしい。

○身長百七十センチほどで割とがっちりした体型の父が、引き揚げてきた時には体重四十八キロまでやせていたそうです。
○三～四人が一つの寝床で寝ることになっており、真ん中が温かいのでみんな真ん中で寝たいので、日によって順番を交代して寝ていたという話も聞きました。
○昨夜まで話していた人が朝になると亡くなっているということもあったそうです。
○二年後の五月頃イルクーツク（だったと思います）から引揚船に乗って舞鶴に着いたそうです。

近づいてきた舞鶴を見ると、木々や草の緑の色が濃くて生き生きとしており、何て良い国だろうと思ったそうです。しかし、イルクーツクまでたどり着きながらそこで亡くなった人もいたそうです。

安興さんの手記（講演時の原稿）

前項「シベリア抑留生活について」の原稿と重復する内容ですが、安興さんのご意志を尊重するためにこのまま掲載します

本島市長そ撃事件に思う

昭和天皇のモが明けて間もなく、一月十八日午后三時頃長崎市役所の玄関前で、本島長崎市長（六十七歳）はピストルで左胸部をうたれた。弾丸は幸いに急所を外れたためあやうく一命はとりとめたが一カ月の重傷を負い入院治療中である。犯人は右翼団体正気塾に属する年齢四十歳の田尻和美という男で翌日タイホされたことが報じられた。

犯人の男が今までどのような生き方をしてきたのかは知らないが、終戦後に生まれ、戦後の教育を受けたこの男が何故「昭和天皇に戦争責任はあると思います」といった市長さんをソゲキしなければならない気持ちになったのか？　全く分からない。天皇崇拝の戦前教育をうけた世代の者ならいざ知らず、戦後の教育と彼の行動を結びつけるものは何も見当たらない。所詮右翼団体の一員として盲目的に行動に走ったのではないかと思われるが、カンタンに人を殺す神経だけはどうしても理解できない。

私は現在六十四歳、満州の大連で生まれ育った戦中派の一人である。これを機会に戦争と自分とのつながりについて少しふりかえってみたい。

私が戦争というものを認識し始めたのは小学校の五、六年からである。当時私達のクラス担任の先生は毎週一時間、日露戦争の生々しい戦記である、桜井忠温の〝肉弾〟という本を読んで下さった。そして学校の遠足では激戦のあとである旅順の二〇三高地や東鶏冠山等を見学し、記念館では生々しい血だらけの軍服や、ヒン曲がったラッパとか銃創等を見て従事の肉弾戦のすさまじさをまざまざと思い知らされたのである。

先生は戦の是非等については一言も言及されなかったが「戦争など絶対にいやだ」と自分の身におきかえて考えたのは当然であろう。この事は今でも強い印象として心の底に残っている。この頃は一月一日（正月）、二月十一日（紀元節）、四月二十九日（天長節）、十一月三日（明治節）と四日の祝日があり、学校ではゲンシュクな式典があり、帰りには紅白のマンジュウをもらうのが楽しみであった。式ではそれぞれの日にちなんだ歌があり、

（正月には）
年の始めのタメシとて
終りなき世のメデタサを
松竹立てて門ごとに

祝う今日こそ楽しけれ

（紀元節）
雲にそびゆる高チホの
高峰おろしに草も木も
なびき伏しけん大御世を
仰ぐ今日こそ楽しけれ

（天長節）
今日のよき日は大君の
生れ給ひしよき日なり
今日のよき日はミヒカリの
サシ出給ひしよき日なり

（明治節）
アジアの東　日出ずるところ
聖の君のあらわれまして
ふるき天地とざせるキリを

大御光にくまなく照し
おしえあまねく道あきらけく
おさめ　給える御代尊

そしてこの歌の次には天皇皇后の御真影を拝し、教育に関する勅語を校長はよみきかせ、つづいて訓示があり君が代を歌って式を閉じるといった様子だった。この教育勅語は六年生ともなると「チンモオウニワガコーソコーソー、クニヲハジムルコトコーエンニ、トクヲタツルコトシンコーナリ」という具合に訳も分からず暗ショーさせられたものである。校長の話の中で「天皇」という言葉が出てくると、スカサず気を付けの姿勢を取るようにしつけられていた。天皇は「ウツツガミ」であり絶対であり「オオギミのへにこそ死なめかえりはせじ」という万葉時代が現存する時代であった。

中学では体操は勿論だが武道（剣道か柔道）と教錬（軍隊の基礎訓練）があり、年に一度は軍からササツ官が来て、学校中がピリピリキンチョーした状態で教錬のササツが行われた。私共の頃には制服は黒のツメエリからカーキ色の教錬服にかわっており次第に軍国調に覆れていった。四年か五年の時であったが「国体の本義」という教科書があり、国語の先生が講義に入るに先だって「君達が今習っている日本の歴史には真実ではない所がある。君達は邪馬台国という国の名を知らないと思うが……」とのことで非常に驚き話に聴き入ったことがある。このことが脳裏に焼きついて離れず、戦後仕事や生活が一段落してから日本の歴史（中央文庫二十五巻）を読みなおすこととなる。

昭和十二年七月ロコー橋の銃声から日支事変は始まり、戦は次第にドロ沼の様相を呈し、長期戦に必要な物資を得る為に南方への進出が始まると共に、米国英国との関係も悪化の一途をたどり十六年十二月八日遂には太平洋戦争へ突入する。海将山本五十六の言葉どおり序戦は華々しい戦果をあげたが物量、国力の差は如何ともし難く、玉サイに次ぐ玉サイが始まる。

昭和二十年四月、私は工専を卒業して間もなく、満州の奉天（現・瀋陽）の南にあった飛行場大隊に現役兵として入隊した。

先ず言われたのは「お前達は明日から十日間、徹底した戦闘訓練を受ける。実戦のつもりでやれ。その後の事は又あとでつたえる」と言うことで、翌日から始まった訓練は学校教練等からはかけ離れた、異常という外はない程ひどいものであった。教官はア号作戦の一部だといったので、ああ南方の島での玉サイ要員の訓練だなと思った。

朝五時から夜九時まで、食事の数分間を除いては腰を下ろすひまもなく、その上真夜中は疲れてワタのようにねむっている所を非常召集をかけられ、夜間の歩行訓練と称してクラヤミの野原を歩きまわった。一週間もすると倒れる者が出はじめて来、やっと少しは手加減をするようになったが、小便は血のように赤く小量出るだけで、軍服もホフクや銃剣術等でボロボロとなり、敗残兵そのものの様相となった。やっと一年とも思えた十日間の訓練が終わると何と赤飯とゴチソウと酒が出、服もクツも中古ではあったが全部とりかえてくれ、家に便りをかけとのことである。予測はしていたがもううたがう余地はない、南方の島での最期の日は目前に迫っていることを悟った。そのあと何もない日が三日つづいた。

そして教官は明日から又二十日間の演習だと我々につげた。二十日間だけは生きのびたのだと思った。しかしひどい訓練は再開された。飛行場の周囲を武装したままかけ足をする。鉄帽はガクンガクンと頭の上で躍り、重い三十八式歩兵銃はドスンドスンと肩を打つ。四キロも走りもうやめる頃だと思う頃、「ガス！」と伍長がどなると走りながら急いでガスマスクを付ける。ただでさえ息が切れているのにマスクのため呼吸は何倍も困難となる。二百メートルも行かぬ中にマスクの中には汗がたまり出し、チャップンチャップンとはね上がる。苦しいので〝顎〟に手をかけマスクの水を抜く。トタンにうしろから見はっている兵長が〝コラッお前はもうガスで戦死だ！〟とドナリながら棒でなぐりつける。その中一人、又一人と倒れ出す。それでやっと大休止となる。私は実戦のほうがマシだと本当に思っていた。草イキレの中でねころがっている時、上空を次から次へと軍の戦闘機隊が南へ飛んでゆく。教官はいつもと違う顔でつぶやくように「あれは皆特攻隊だ」と教えてくれた。私はその時、ああこの男も私達と共に南へゆくのだなと思った。

私は幹部候補生であった。この為何かにつけて幹候のクセにとばかり徹底的に痛めつけられた。

苦しい一日の訓練が終わると急いでゲートルを巻きとり、数名の者は班長とか兵長の所にかけより「脚絆を取らせていただきます」と世話をする、というよりゴマをするのである。私はこれが嫌なのでノロノロと自分のゲートルを巻き取っていた。するとある日、兵長は「脚絆を速く巻きとった者から順にならべ、遅い方から五名は飛行場一周だ」という。これは大変だとばかりに急いで巻きとり一番目にならぶ。すると今度は「今巻いたキャハンを手榴弾のつもりで投テキせよ、手前に落ちた者から五名は飛行場一周だ」そこで何も考えずに力一杯なげる。キャハンは空中でホドケて落ちる、兵長はそこで皆に向かって言う。「コイツは幹候のくせに要領ばかり使いやがる、キチンとカタク巻かんからほどけるのだ！」

そして殴られるのだ。彼は前の晩この手を考えついたのに違いない。

明治の頃作られた軍隊は立派な集団だったのだろうが終戦近くの軍隊は腐っていた。十年兵、十二年兵等の古参兵は初年兵をいじめ、なぶりものにして軍隊から解放されない事へのウップンをはらしていた。「自転車競走」とか、「ウグイスの谷ワタリ」等では恥を捨て去ることをおぼえ、「一時間の急降下バクゲキ」ではしまいに横腹のキンニクがつり呼吸が止まるかと思う程七転八倒の苦しさを味わった。

将校達がこの実情を知らぬ筈はないが見て見ぬふりをしていた。こんな馬鹿げた世界からも逃れる術はなかった。自殺か逃亡かそれがいやなら絶対服従あるのみだ。

二十年八月七日、関東軍が南方戦線に移動して、空家同然のソ満国境に戦車を先頭にソ連軍がなだれのように進撃して来た。私の属していた飛行場からも次々と戦闘機が出撃していった。私達新兵の仕事は専ら爆薬燃料の運搬であった。飛行場から一キロ程北の小高い山中の壕から、ドラムカンにつまった燃料をコロガしてゆくのだが、殆どねる間はなかった。曲がり角でハッと気が付くとねむりながらコロガしていた自分に気がつく。飛行場にはダンコンだらけの戦闘機が帰ってくる。負傷した操縦士がかつぎ出される。悪夢のような一週間はアッと言う間もなくすぎ、玉音放送があって終戦を知る。

その後はソ連軍の武装解除をうけ、シベリアでの二年間のフリョ生活をへて初めて祖国の土をふんだ。

私はガダルカナル島やビルマのような、ひどい経験はしないですんだことは幸運であった。後日自分と同年輩の人達が、どこでどのような戦をしたのかを知りたいと考えるようになり色々な戦記を読みあさった。

タラワ・マキン島に始まる各地の玉サイ、食糧、弾薬もつきて遂にはジャングルをキガ状態でテッ退したガダルカナルの激戦、上層部の無謀な作戦計画により最後は死の行進と言われたインパール作戦、数多くの若くして散華した特別攻撃隊員、アッツ島のバンザイ突撃、サイパン、テニアン、硫黄島、沖ナワ戦等の死斗をつづけ最後は広島・長崎への原爆投下となり、やっと八月十五日の終戦に至る大東亜戦争での戦死者（軍人、軍属）は約二百四十万といわれる。この外、外地で死亡した民間人約三十万、本土で死亡した民間人約五十万を加えるとなんと約三百二十万人もの人がギセイとなっている。

これほどまでの犠牲者を出さねば自らの敗北を知ることはできなかったのか、実に不思議である。しかしもっと不可解なことは最高責任者は誰だったのかと言うことだ。

　この事について私は法制上どのようなきまりがあろうとなかろうと私の常識、私の頭で考えた結果では「天皇に戦争責任はあると思います」といわれた本島市長さんの意見に全く同感である。

　而しこの言葉は今の日本の社会では禁句とされているらしく、はっきりと言葉で表現されることは殆どない。外国の人達はむしろこのような日本人の心理状態を解しかねているようだ。各種の報道、或いはテレビに出演する解説者や評論家、その他の識者の殆どの人々がこのそげき事件については一様に『言論の自由を暴力で封殺することは許せない』と言われるが、市長発言の内容である責任の有無については、残念ながら殆ど論じられていない。

　真に民主主義の国であり、言論の自由をヒョーボーするのならば責任の有無についても言及し、世論をカンキすべきであると思う。もう一つ、戦後は真に民主主義の国となれたのかどうかを考える材料に『君が代』という国歌がある。この歌は主権在民の国の国歌とはいい難い。こんな事は誰が考えても一目リョウ然の事実で説明の必要もない。而し戦後四十数年を経た現在も〝君が代〟は現存しており、文部省は学校では大いにうたうことを奨励している。

　私は一刻も早く国民的なキボで民主国家にふさわしい歌を作り、喜んで歌える明るい国歌を制定すべきだと思う。

以上本島事件にさいし、平常強く感じていたことを記しました。

なお私は今まで何の団体、結社等にも関係のない凡々たる一市民であることを申しそえます。

母（スミエ）にとっての大連

民世三十歳、母（スミエ）五十六歳のころ。

ある日の会話。

縫いものをしている母の側に座って民世が、
民世「母さん、母さんが元気なうちに母さんのふるさと大連や、牡丹江や、ハルピンや、奉天や、僕が生まれた吉林に旅行したいね。行こうよ、旅費とかスケジュールとか何も心配しないで、全部僕が準備するから」

と呼びかけた。

母「ん…行きたくない」

民世「えっ…どうして?!　僕が連れてくから安心だよ」

母、うつむいたまま数呼吸沈黙して、

「思いだしたくない。だから行かない」と。


母の沈黙と吐き出すようなひとことに民世は黙らされた。

母の胸の内、心の内での怒り、悲しみ、慟哭を聴かされた気がして全身打ちのめされた。

母の言葉にできない、たとえようもない、不可思議な思いを観させられた。

民世は黙るしかなかった。

ややあって、

民世「わかったよ、もうこの話はしないよ」

ややあって。

いつもの母、観音菩薩のように僕を愛した母がいた。

若杉民世

我が家の年表

昭和九年（神明元年）の秋
（左から安興・力・幹世・幸之助・スミエ・昭・ヤスノ）

一．父母
父　源　幹世　明治十七年八月十六日生
昭和三十六年八月九日死去　七十七歳
母　源　ヤスノ　明治二十七年三月十七日生
昭和二十年十二月十二日死去　五十一歳

二．兄弟
長女　若杉　スミエ　大正十年一月一日生
長男　源　力　大正十二年二月二十日生
次男　源　安興　大正十四年三月二十日生
三男　源　昭　昭和三年四月十六日生
四男　源　幸之助　昭和五年八月二十二日生

三．旧満州での住所の変遷
1．関東州大連市淡路町三十五番地で生まれる
2．加賀町二十九番地
3．須磨町四十番地
4．龍田町百十三番地

5. 奉天市大東区小東辺門　満州工作機器株式会社内
6. 関東州大連市児玉町一番地水産アパート
7. 入船町三番地
8. 但馬町二十四番地
9. 若狭町二番地　義昌無線株式会社アパート

四. 旧満州での通学校

昭和十二年四月　大連旭小学校入学
十四年四月　奉天城東小学校へ転校（三年生）
十六年十月　大連日本橋小学校転校（五年生）
十八年四月　大連第二中学校へ入学
二十年九月　大連日僑中学校へ校名変更
（中国に接収され、旧一中の校舎で一、二中合同授業）
二十一年九月　同校四年中退

五. 旧満州での家族の変動

1. 昭和十四年二月、父、大連汽船を退職
奉天の満州工作機械株式会社に就職

2. 昭和二十年一月十四日　スミエ、若杉民慶と結婚
牡丹江へ行く
3. 昭和十九年十月　力、東寧の軍隊へ入隊
二十年八月　終戦後の大連に復員
4. 昭和二十年四月　安興、錦州近くの軍隊に入隊
終戦後、ソ連軍によりシベリアへ抑留（奉天の南　奉集堡）
5. 昭和二十年四月　昭、新京工大入学、二十年九月、終戦後の大連へ戻る
※この間、大連では但馬町で母と幸之助二人で生活する
6. 昭和二十年十二月十二日、母、若狭町二番地　義昌無線株式会社アパートで死去

六. 幸之助、スミエ、民世の引揚の経過
1. 昭和二十二年一月二十四日　大広場小学校へ集結
2. 二十五日　大連港へ移動
3. 二十七日　大連港出港（昭優丸）
4. 三十日　佐世保港へ入港
5. 二月一日　浦頭へ上陸
6. 十五日　浦頭出発
南風崎駅から国鉄で鹿児島駅へ向かう

7. 十五日夜　鹿児島市下伊敷町の引揚寮で父と再会

七. 他の家族の引揚

1. 昭和二十一年九月　父、奉天より葫蘆島を経て鹿児島市の下伊敷の引揚者収容施設伊敷寮へ

2. 昭和二十二年五月　安興、シベリア抑留後舞鶴から伊敷寮へ

3. 昭和二十三年八月　昭、大連より舞鶴を経て伊敷寮へ

4. 昭和二十四年十一月　力、大連より舞鶴を経て長崎県西彼杵郡日見村宿へ
妻須磨子は大村病院で長男武を出産後日見村宿へ来る

八. 長崎での生活と家族の動き

昭和二十三年一月　安興、麹屋町若杉太郎方に寄宿し駅前の大新電設に勤める

六月　幸之助、網場養国寺内の民慶方に寄宿

九月七日　幸之助、中川町吉川健一方に寄宿し三菱電機鋳造工場に臨時工として勤める

十一月　鹿児島の父と昭を呼び寄せ、一緒に生活するため日見村宿森川方納屋を借り、父、安興、昭、幸之助の四人で生活を始める

昭和二十三年十二月～二十四年十一月三十日
昭、幸之助、三菱造船所製缶工場に臨時工として勤める
二十五年二月　安興、長崎市内へ転出する。後日高比良方へ転居
四月　昭、日見小学校の教員となる
十月五日　幸之助、中川町マルミ屋食品店に住み込み就業
十月　力、幸之助、吉川一郎氏の勧めにより長崎市消防本部の採用試験を受ける
二十六年一月十一日　力、幸之助、長崎市消防本部の採用試験に合格採用される
二十七年三月二十八日　義姉須磨子、次男耕二を出産（高比良方二階）
五月二十三日　安興、芙美子さんと結婚。上町に居住する
八月　力一家、父を連れ、入船町の借家へ転居
二十八年八月　力一家と父、消防署裏に転居
九月　昭、幸之助、夫婦川町の月川方に下宿する
十二月　スミエ、生月町立保育園の園長に採用され、民世、マスミを連れて赴任
力一家と父、茂木町橋口に転居、のちに南川、片町へと転居
二十九年四月　昭、幸之助、日見宿の松尾方離れを借り転居
三十年十二月　昭、大田喜久枝さんと結婚。田上町に居を移す。同時に幸

之助は茂木町南橋口の力方に同居

昭和三十三年	幸之助、田上町昭方に同居
三十四年一月	幸之助、立山町下峯方に同居
三十六年三月三日	幸之助、鬼海ヨシミと結婚。下小島町四九一上川方借家に世帯を構える
三十六年八月九日	父、茂木町南川の力宅で死去
四十年五月	安興、立山町の旧宅を新築移転

著者プロフィール

源 幸之助（みなもと こうのすけ）

1930年（昭和５）８月22日生
2014年（平成26）１月17日没

ふるさとは大連 追憶の半世紀

2020年７月15日 初版第１刷発行

著 者 源 幸之助
発行者 瓜谷 綱延
発行所 株式会社文芸社
〒160-0022 東京都新宿区新宿1－10－1
電話 03-5369-3060（代表）
03-5369-2299（販売）

印 刷 株式会社文芸社
製本所 株式会社MOTOMURA

ISBN978-4-286-21767-3